이설주 편

들국화(외)

책임편집 오양호

한민족 정신사의 복원

—범우비평판 한국문학을 펴내며

한국 근현대 문학은 100여 년에 걸쳐 시간의 지층을 두껍게 쌓아왔다. 이 퇴적층은 '역사'라는 이름으로 과거화되면서도, '현재'라는 이름으로 끊임없이 재해석되고 있다. 세기가 바뀌면서 우리는 이제 과거에 대한 성찰을 통해 현재를 보다 냉철하게 평가하며 미래의 전망을 수립해야 될 전환기를 맞고 있다. 20세기 한국 근현대 문학을 총체적으로 정리하는 작업은 바로 21세기의 문학적 진로 모색을 위한 텃밭 고르기일뿐 결코 과거로의 문학적 회귀를 위함은 아니다.

20세기 한국 근현대 문학은 '근대성의 충격'에 대응했던 '민족정신의 힘'을 증언하고 있다. 한민족 반만 년의 역사에서 20세기는 광학적인 속도감으로 전통사회가 해체되었던 시기였다. 이러한 문화적 격변과 전통적 가치체계의 변동양상을 20세기 한국 근현대 문학은 고스란히 증언하고 있다.

'범우비평판 한국문학'은 '민족 정신사의 복원'이라는 측면에서 망각된 것들을 애써 소환하는 힘겨운 작업을 자청하면서 출발했다. 따라서 '범우비평판 한국문학'은 그간 서구적 가치의 잣대로 외면 당한 채 매몰된 문인들과 작품들을 광범위하게 다시 복원시켰다. 이를 통해 언어 예술로서 문학이 민족 정신의 응결체이며, '정신의 위기'로 일컬어지는 민족사의 왜곡상을 성찰할 수 있는 전망대임을 확인하고자 한다.

'범우비평판 한국문학'은 이러한 취지를 잘 살릴 수 있도록 다음과 같은 편집 방향으로 기획되었다.

첫째, 문학의 개념을 민족 정신사의 총체적 반영으로 확대하였다. 지난 1세기 동안 한국 근현대 문학은 서구 기교주의와 출판상업주의의 영향으로 그 개념이 점점 왜소화되어 왔다. '범우비평판 한국문학'은 기존의 협의의 문학 개념에 따른 접근법을 과감히 탈피하여 정치·경제·사상까지 포괄함으로써 '20세기 문학·사상선집'의 형태로 기획되었다. 이를 위해 시·소설·희곡·평론뿐만 아니라, 수필·사상·기행문·실록 수기, 역사·담론·정치평론·아동문학·시나리오·가요·유행가까지 포함시켰다.

둘째, 소설·시 등 특정 장르 중심으로 편찬해 왔던 기존의 '문학전집' 편찬 관성을 과감히 탈피하여 작가 중심의 편집형태를 취했다. 작가별 고유 번호를 부여하여 해당 작가가 쓴 모든 장르의 글을 게재하며, 한 권 분량의 출판에 그치는 것이 아니라 작가별 시리즈 출판이 가능케 하였다. 특히 자료적 가치를 살려 그간 문학사에서 누락된 작품 및 최신 발굴작 등을 대폭 포함시킬 수 있도록 고려했다. 기획 과정에서 그간 한 번도 다뤄지지 않은 문인들을 다수 포함시켰으며, 지금까지 배제되어 왔던 문인들에 대해서는 전집 발간을 계속 추진할 것이다. 이를 통해 20세기 모든 문학을 포괄하는 총자료집이 될 수 있도록 기획했다.

셋째, 학계의 대표적인 문학 연구자들을 책임 편집자로 위촉하여 이들 책임편집자가 작가·작품론을 집필함으로써 비평판 문학선집의 신뢰성을 확보했다. 전문 문학연구자의 작가·작품론에는 개별 작가의 정신세계를 더욱 구체적으로 살펴볼 수 있는 한국 문학연구의 성과가 집약돼 있다. 세심하게 집필된 비평문은 작가의 생애·작품세계·문학사적 의의를 포함하고 있으며, 부록으로 검증된 작가연보·작품연구·기존 연구 목록까지 포함하고 있다.

넷째, 한국 문학연구에 혼선을 초래했던 판본 미확정 문제를 해결하기 위해 최선의 노력을 기울였다. 특히 일제 강점기 작품의 경우 현대어로 출판되는 과정에서 작품의 원형이 훼손된 경우가 너무나 많았다. 이번 기획은 작품의 원본에 입각한 판본 확정에 특별한 노력을 기울여 근현대 문학 정본으로서의 역할을 다했다.

신뢰성 있는 전집 출간을 위해 작품 선정 및 판본 확정은 해당 작가에 대한 연구 실적이 풍부한 권위있는 책임편집자가 맡고, 원본 입력 및 교열은 박사 과정급 이상의 전문연구자가 맡아 전문성과 책임성을 강화하였다. 또한 원문의 맛을 최대한 살리기 위해 엄밀한 대조 교열작업에서 맞춤법 이외에는 고치지 않는 것을 원칙으로 했다. 이번 한국문학 출판으로 일반 독자들과 연구자들은 정확한 판본에 입각한 텍스트를 읽을 수 있게 되리라고 확신한다.

'범우비평판 한국문학'은 근대 개화기부터 현대까지 전체를 망라하는 명실상부한 한국의 대표문학 전집 출간을 목표로 한다. 따라서 권수의 제한 없이 장기적이면서도 지속적으로 출간될 것이며, 이러한 출판 취지에 걸맞는 문인들이 새롭게 발굴되면 계속적으로 출판에 반영할 것이다. 작고 문인들의 유족과 문학 연구자들의 도움과 제보가 지속되기를 희망한다.

2004년 4월
범우비평판 한국문학 편집위원회

1. 이설주(이용수 李龍壽)의 많은 시집 중 초기시집 《들국화》, 《방랑기》를 중심
   에 두고 편집하고 논의한 책이다. 내가 소장하고 있는 《방랑기》(1948년 계
   몽사 판)에는 모든 작품이 가필 정정되어 있다. 시인 자신이 소장하고 있었
   던 책인 듯하다. 뒷날 개정판 시집을 출판하기 위한 퇴고로 보인다.
   　　그러나 나는 이 책의 모든 글을 원문대로 하였다. 《들국화》의 경우도 동
   일하다. 사정이 이러하지만 이설주의 경우 원본확정의 작업은 철저히 이루
   어져야 한다. 워낙 시집이 많고, 판도 여러 종류가 되기 때문이다.

2. 원문대로 하되 독자들을 위해 한글 표기를 앞세웠다. 예를 들면 '零下五0度
   塞北萬里' → '영하50도 새북만리 塞北萬理', '流浪의 무리가 山童苦力(쿠리)
   처럼 흘러간다.' → '유랑의 무리가 산동고력山童苦力(쿠리)처럼 흘러간다.'

3. 작품해석에서는 연구자를 위해 원본의 쪽수를 명기하였다. 그러나 시집에
   서는 띄어쓰기, 철자법 등을 현대식으로 바꾸었다.

4. 이설주의 후기시를 작품해석에서 제외한 것은 이 논문의 포커스, 곧 해방
   이전 만주조선인 문학연구와 관련이 있지만, 그의 방대한 작품이 초기시
   와 여러 가지 면에서 크게 구별되기 때문이다. 후기시에 대한 연구는 별도
   로 진행되거나 선별처리 되는 것이 좋을 듯하다. 어떤 시인이든 그의 모든
   시가 연구의 대상이 되는 것이 반드시 바람직하지는 않다. 이설주 시인이
   특히 그러하다.

이설주 편 | 차례

들국화

강남촌 江南村

이민

눈보래 싸나워 야윈 뿔을 깎고
빙氷판에 말굽이 얼어 붙는
영하 오십도 새북만리塞北萬里에
유랑流浪의 무리가 산동고력山東苦力(쿠리)처럼 흘러간다

일본서 또 무슨 개척단開拓團이 새로 입식入植한대서
고국故國을 모르는 백의동포白衣同胞들이
할아버지때 이주移住해서 삼십 년이나 살았다는
남만南滿 어느 따사로운 촌객村客을 쫓겨
북으로 북으로 흘러가는 무리란다.

밀가루 떡 한조각이면 그만이고
도야지 족足 한쪽만 있으면 생일잔치라는
흙에서 살아 흙을 아는 사람들이다.
고국은 몰라도 한 평坪 농토만 있으면
그곳이 내 고향이라 믿는 백성

고국을 몰라도
고향을 의지하고 사는 농민
눈보래 사나워 야윈 뿔을 깎고

빙판에 말굽이 얼어붙는
영하 오십도 새북만리를
몇차례 눈물을 헐치고
또 다음 고향이 바뀌려 한다.[*]

북창한월

삭풍朔風이 미친듯이 부러
굴르는 계절의 전차戰車가 달려오면
약한 아들이라
산山엘 오를적에나 입으랴고
어머님이 장籠안에 깊이 갈마두신
찬 등잔 아래 손수 지으신
여덜새 무명베 바지다

몸에 두루면 어머니 냄새가 나는
햇솜 보다도 따뜻한 어머니의 마음이
잔뼈가 굵어진 삼십이 넘은 내가
어린애처럼 젖꼭지에 달가들고 싶네

아버지가 나가실 땐 아버지 바지
아들이 나갈적엔 아들 바지
눈보래 싸납게 치는 밤은
위루 거꾸로 누은 아버지와 아들은
여들세 무명베 바지 속에서
네다리를 비비며 비비며 열이 난다

---

* 만주滿洲는 그 당시 약 이천만 정보나 되는 방대한 가경미경지可耕未耕地가 있었다. 그 중 약오천만 정보
를 일본농민을 입식入植시킬 작정이였다. 소위 만주개척정책인 20개년 백만호 입식계획이 이것이다. 그
이면에 조선농민들은 언제나 개간만 해 놓으면 놈들에게 뺴기곤 했다.

북창北窓에 엿드는 달!
너는 죄를 지은 태양의 망해亡骸리랐다.
그르기에 너는 불덩이면서 어럼일러라

함박 퍼붓는 눈!
쌀이 래서
병들어 누으신 어머니의 밈을 끓일거라
배고파 우는 새끼들의 떡이라 구을거라

—강남촌江南村 합마구哈嗎溝.

강남학교낙성

길게 뻗은 산하山河 맥맥脈脈히 흐르고
묘망무애渺茫無涯 기럼진 들이 누어
황금빛 물결이 눈이 부신다

조상의 피를 니어
우리들은 흙의 아들
강철같은 몸둥이 구리 팔뚝에
한번 굉이 들면
어듸라 불모不毛의 땅이 있으랴

여기는 강남촌江南村 평화로운 이징역에
겨와가 없고 양회洋灰는 못 쓰고래도
우리네 손으로 힘으로 세웠다네

보라!
멀리 수수밭 건너 포태砲台 넘으로
깡초草 집웅이 검은 토벽土壁이
저녁노을에 그림같이 타 눈물 어린다.

조국이 없는 가난한 아들 딸아
솟아 나는 구룸에 나래를 치고
벅차게 날으랴는 너들 앞에는
구원의 이상이 꽃이 피여라

이앙

만주살이가 좋다해서 고향도 버리고
하라버지를 따라 온 먼 어린날의 압록강
눈물로 새운 날이 많았드라오

북풍한설北風寒雪 찬 바람에 몰려다니며
불상한 동생들 둘시나 없세 버리고
삼 년 전에 또 쬐껴 이곳에 왔다하네

아주까리 기름머리 곱게 비서 내루고
열새베 흰저고리 폭치마 꼬자매고
섬섬옥수 제비같이 모 심는 저솝시야

이논꼬 저 논꼬에 물이 고이여
올해는 재발덕분 풍년이 듭소
수무해나 못 가본 고향엘 가리

—강남촌 소영구小瑩溝.

압록강

한거름을멈추면 고향인것을
건너서면 천리길 딴나라이라
오가고 가고 오는 저문다리 위
늘어진그림자가 길게 누었네

내집이면 어드라 고향이안요
어린손자 이끌고 눈먼 할버지
낡은삼베봇짐이 등에무거워
다닳은 막대에다 몸을 마꼈네

있는 가난 물우에 띄어 보내고
가는 서름 구름에 슬적 언졌소
호적胡笛이슬피우는 비오는밤은
그래도 고향이라 눈물진다네

반석*노래

봤느냐 들었느냐 이름난 우리반석磐石

장하도다 삼용사三勇士 태여난 곳을 아하 태여난 곳을

내던진 목숨이라 손잡고 굳은 맹서

칠둔정자(七箇頂子,치거띵즈)산상山上에 올리는 햇불 아하 올리는 햇불

옛일을 생각하면 초목草木도 울어예네

오지마라 이슬비 비碑가 젓는다 아하 비가 젓는다

아버지가 일으킨 이틀가리 논에는

올해도 풍년일새 벼싹이 텄네 아하 벼싹이 텄네

열여듭 촌村아가시 들일에 하염없어

저무는 먼거리에 등불이 반겨 아하 등불이 반겨

벼이싹이 익으면 건너편 웃마을에

소구루마 타고서 싀집간대지 아하 싀집간대지

투구산에 봄이와 살구꽃이 피면은

새댁이 웃는얼굴 친정엘 오네*

---

*반석磐石은 길림성吉林省에서도 가장 오래전부터 조선농민이 많이 이주해 살든 곳이다. 지금으로부터
한 이십 년 전 소위반석사변 당시에 반석가磐石街가 비적匪賊에게 포위되여 일본수비대의 탄약도 쇠진하
고 거이 전멸상태에 이르러 할 지음 여기서 약 오십 리 떠러진 조양진朝陽鎭에 응원대를 초청하러 우리 백
의 동포 삼인이 결사대를 조직하고 구사일생으로 호구虎口를 빠저나 칠둔정자산상七箇頂子山上에서 무
사히 탈출했다는 햇불을 올리였다. 그리하야 위기일발에서 소생한 반석은 비까지 세우고 그들을 반석삼
용사磐石三勇士라고한다. 그 시현내에는 약 오천 호의 조선농민이 이주하고 있었다.

춘일한

노래 잊은 파랑새
옛 말을 지즐대는 언덕배알을
내 황혼을 다리고 올으랴니
무엇을 원願함이란 보슬비 나려
외로이 할미꽃이 젖어 피네

가난한 살이기로
슬픈 여인女人아!
버리고 잊어버린 그대이므로
강江기슭 푸른 물길 바람은 부러
저녁 숲에 가마귀도 울고 가네

천진부두

님홀로 보내고서 도라서는 부두埠頭에
너도 울어예느냐 외론 물새야

물길이 천리千里라서 구름도 쉬여가고
저녁노을 아득히 눈이 부시네

떠나는 저뱃길에 깜박이는 별 하나
어느때 만나랴는 기약期約이 드뇨

——북지천진北支天津.

황하일모

호궁胡弓이 우는 이국異國의 강江나루
젖빛 향수鄕愁가 젖어 흐르고

저녁노을이 길게 비낀 황하강黃河江
바람받은 돗폭幅이 가는듯 마는듯 밀려간다

백조白鳥가 때를 지어 날라오면
고기잡이 하라버지 울고 돌아서는

황하강 흐르는 물우에
천년千年을 하로같이 늙은 사공沙工아

외로이 잡은 뱃길 해 다 저무렀는데
물우에 이밤을 새우려는가

뱃노래 쉬여 쉬여 끝이지암은
상긔도 물길이 몇 백리百里라네

—북지제남北支濟南.

들국화

보국대

불같은 태양太陽이 폭사暴射하는
백랍白蠟같이 새하얀 매마른 팔이
산山비알에 붙어서
청석靑石을 찢는 목괭이 끝에
분노忿怒의 불꽃이 튄다

살아야지 누구를 위爲해서도 좋다.
음! 살아야지 살아 살고 봐야지
뉘 내 가슴에도 하늘을 뚫을듯 복바처올라
마구 청석靑石을 찍는 목괭이 끝에서
열화熱火같은 분노忿怒의 불꽃이 바사진다

구슬같은 땀이 등에 간지러워
해풍海風이 더운 백사장白沙場을 쓰치고 부러오면
숨이 막힐듯 타는 목마른 입술에
어느마을에 술익는 냄새가 몹시 괴로워

점심시간이면 수수밥을 먹고
도야지떼처럼 늘어 누워
내 마음은 잠시 눈물을 새기고
머언하늘에 구름을 따른다.

—인천仁川서.

들국화

물래방아 소리 들리는 낮으막한 두던에
외로이 핀 들국화菊花야!

너는 언제나 고향이 없고나

너와 함께 우는 이슬비
너를 어루만져 줌은 가는 실바람

길 잃은 망아지 엄매 우는
몇구비 돌아 나간 길우에

멀리 황혼黃昏이 묻어 들면
애수哀愁의 구룸이 네 무덤을 덮어—

낙엽

조락凋落한 가을이 오면
꺼츠른 뜰우에 구울어 구울어
네 자리가 불안不安키로 또 휩쓸려
어듸로 가야 한단 말가

네 집은 높은 낡인데
한번 떠나면 다시 돌아갈수 없는것을

가을서리 찬바람에 휘몰려
네 몸에 기름이 마르고
열 맥脈이 자즈라져 풀리면

떨며 떨며
네 갈 곳은 꺼츤 땅위

짓밟히고 채여
너는 어듸로 가랴는고

옥야천리

금수강산에 옥야천리
가는곳마다 누었다네
애해야데야 애해데야
호미를들라 들로가세

우리의강산 옥토에다
심을사람이 뉘란말고
애해야데야 애해데야
우리손으로 흙을케세

우리옥토는 뉘를주고
만주살이를 가단말가
애해야데야 애해데야
봇짐을풀라 들로가세

옥토가운다 곳곳마다
일꾼이없어 문허진다
애해야데야 애해데야
옥야천리가 날부르네

향수

향수

찬 하늘에 별이 흐르면
수은주水銀柱처럼 떠는 마음은
먼날의 버린 요람搖籃 속에
잊어둔 꿈을 헌들어
슬픔을 외우는 내 사모思慕는
고향산 물래방아에 지치여라

천년千年을 넘어 머리 반백頒白이 되였어도
고향을 모르는 운수雲水의 길
송화강松花江 가는물에 청춘靑春이 늙고
영하氷河의 차가운 내 꿈은 어러
하나하나 십어생키는 유리遊離의 눈물

허허벌판 백설白雪이 헛날리고
달빛은 비인뜰에 귀또리와 잠이 들제
한아름 적막寂寞을 안고 담배를 피어무니
새로운 슬픔이 또 너의모습을 안고오다

—합이빈哈爾濱.

바다

갈매기 나래가
근방 샛파랗게 딜릴것 같어이

깊은 우에도 깊어
몇천년千年 묵은 소라의 슬픔이 숨어있고
넓은 우에도 넓어
파도波濤의 용솟음이 구비쳐 흐른다

산란散亂한 머리칼은 해풍海風에 마껴두고
물연기煙氣에 옷깃이 젖은체
작지와 나와 하늘을 기대고

멀리서 달가드는 밀물(해소海嘯)의 효후哮吼를 드르며
아득한 바다 위를 한참 바라보노라면
하얀 구름 슬픈 피리가 되다

―대련성포大連星浦.

만리장성

흘러 가는 몸 잠시 발을 멈춰
만리장성萬里長城 허문 터에
진시황秦始皇의 초도鞘圖를 그려보다

몇해를 묵었드뇨 옛성城아
네 기리 장壯하고 일만리一萬里
네 나히 늙어 이천세二千歲로다

이적夷狄을 물리친 그의 초업鞘業도
여너듯 때 가면 자최도 흔적痕跡도
말없는 성벽城壁에 이끼만 푸르렀네

관산關山은 저무러 죽은듯
성쇠盛衰 흥망興亡이 덧없으니
삼천궁녀三千宮女의 노래는 어듸로

만대萬代를 누리든 화려豪華한 아방궁阿房宮도
부귀富貴도 권세權勢도 한때인것을
궁宮터엔 추초秋草한 바람에 술려

                                              —산해관.

농촌하라버지주의

서울 게신 지도자指導者 여러분들!
우리는 탁치託治도 지지支持도 모르옵네
조상께 배온 것은 흙파는것 뿐이옵네
별을니고 사립나고 달을밝고 들어옵네

서울 게신 여러 선생先生님들!
이박사李博士는 뉘오 여선생呂先生님은 뉘랍데
뼈 아프게 심은곡식 남을랑 주지말고
가난한네 기름 짜다 배부른네 길루지마소

서울 게신 여러 양반님네들!
해방解放은 멀었나요 공위共委는 어찌됐오
덕수관德壽官도 부럽잖고 석조전石造殿도 못뵈왔오
개다소리 앓든 귀에 깨소린내(臭) 코 석습네

— 1946. 6. 20.

산 길

어버이 없는 자식子息
집 없는 겨레가
굶주린 무리가
거리거리 옹주리고 있어
멀리 구름속에 고향이 자고
동경憧憬은 흰 붕대繃帶를 감았오

해방解放된 조국祖國은
하로 하로
붕락崩落의 꿈을 쌓고
말없이 말없이 흐르난 세월歲月은
도탄塗炭의 구렁으로 끄으려가느니
어제도 오늘도
늑대처럼 굶주린 무리들
개아미때같이 산山을 넘어간다

벌래소래 바람에 안겨
산山새 울어 노래 하고
골짝이 깨우는물에 목을 축여도
아! 어쩌리 발길로 개고리를 차보는마음

강江을 건너고 방역防疫의 금禁줄을 피避해
어제도 오늘도 먹을것을 찾아

개아미때같이 산을 넘어간다
조국을 그리든 동포同胞가
고향 찾아온 형제兄弟가
조국에서─
고향에서─

　　　　　　　　　　　　　　　─천구백사십육년 칠월 칠일.

태로

―여운형呂運亨 선생先生 피격被擊의 보報를 접接하고

자주독립自主獨立은 말 뿐이요
풀리운 조국祖國은 또 다시
무서운 사슬로 매려한다.

삼천만三千萬 뉘라 내 겨레가 아니료만
어이 이다지 반목反目과 살벌殺伐이 심甚하고
억만億萬年 뉘우처도 미치지못할 이것이 불행不幸이냐
천인지하千仞地下 나락奈落의 자멸自滅이 있을뿐을―

풀리운 조국을 다시 사슬로 억매랴 드는자者
네 원수가 너와 피를 같이한 동족同族과 형제兄弟라면
네 창(腹)자가 한편 좀이 먹어 드는것을 모로느냐

수數많은 선구자先驅者며 애국지사愛國志士들이
처참한 형刑틀우에 백골白骨로 사라지고
한평생平生을 나라에다 목숨을 건 외로운 원혼冤魂은
차례 차례로 돌아 오는구나
그 보람이 그 값이
이것이 이 꼴이
풀리운 조국祖國이란 말인가

그들이 밟고 간 길 우에

조선朝鮮의 맥박脈搏은 뛴다
조선朝鮮은 죽어 있지 않는다

도적 고양이처럼 그 싸나운 혈안血眼을 번적이지말고
우리의 심장心臟을 날카로운 칠수匕首로 가로질은
삼팔장벽三八障壁이 이얼마나 큰 치욕恥辱이라는것을 아느냐

개골창에 석어죽은 이 쥐새끼같은 동물動物아
너 원怨수가 너와 피를 같이한 동족同族과 형제兄弟라면
네 창(?)자가 한편 좀이 먹어 드는것을 왜 모르드란말이냐

풀리운 조국祖國을 다시 사슬로 억매려는啻야
태로와 파멸破滅을 멈추고
오즉 자주독립自主獨立인 민족천년民族千年의 대업大業이 앞에 있나니
네 어찌 스스로 네 가슴에다 독실毒失을 뽑느뇨

—천구백삼십육년 칠월 십팔일.

해후

─여선생呂先生 김박사金博士 양부인회견보兩婦人會見報를 보고

이천년二千年이 지난 오늘이라
칠漆같이 감든 머리 파뿌리가 되고
보살菩薩같은 고운 얼굴에
거미줄같이 주름살이 펴고
잣니가 늙은 말처럼 빠자 다러났다.

몽고사막蒙古沙漠을 준마駿馬 없이 달리고
만리장성萬里長城을 솔개처럼 넘어다니며
가정家을 도와 긴세월歲月을 두고
찬서리 눈바람과 싸운 보람이리라

어느나라 전설傳說과 같은 오늘
두 할머니에게는 도모지 적敵이 없다.
오즉 포도 송이처럼 엉키어
하늘 끝까지 뻗어 나가라는
거룩한 내 동족同族과 동족同族이 있었다.

아유! 뉘라먼저 잡은 손과손
보드러운 손껼이 아니고 꺼친 손껼이라
그래도 그 모래같이 꺼츤 손안에서
이천년전二千年前 젊음이 살아나고
내 동족同族의 뜨거운 피ㅅ줄이 타고돌아

가슴이 미여 한참이나 말없이 듸려다 보는 눈 눈에
가다뒀든 눈물이 글성글성 이재사 터진다

아!
오월吳越이 동주同舟라도 물길은 한길이라
갈매기 흰갈매기 배ㅅ전前에 날고
구름은 송이송이 한하눌에 핀다.

옥수수밥

말이냐!
왜 눈물이 없어─

쌀을 안먹어도 사는 짐생
말!
배가 고파도 말 못하는 동물動物
슬퍼도 울음을 모르는 미물

옥玉수수!
바다 넘어 머언 이국異國에서는
말 못하는 동물動物이 먹는게라지?
고양이도 호서戶鼠는 먹지않두구나

옥玉수수밥을 먹고
또 옥玉수수밥을 먹고
목이 미여지면 냉수冷水를 마셨네

　　　　　　　　　　　　　─천구백사십육년 구월 이십일.

계엄령

피 비린내 이마에 서린
슬픈 역사歷史는 이밤에도 흘러흘러

어둠을 삼키고 퍼지는
먼 곳 서리 찬 총銃소리는
계엄령戒嚴令이 내린 어마어마한 거리를
한양 끝이지않고 헌들어

불길이 누른 포연砲煙에 젖어 달마자 흐리고
무수한 별들도 덜덜덜 무서움에 떤다

외이리 소란 한고!
삼천만三千萬 겨레 복福을 비는 축포祝砲냐
조국祖國을 잊으랴는 조포弔砲이뇨

아! 괴로워라
죽이려는 사람은 뉘며!
죽는 사람은 뉘란 말가!

—천구백사십육년 시월 오일.

쌀

쌀!
진주眞珠알처럼 빛나 눈이 부시는구나
입입粒粒이 피ㅅ뎅이가 맺히고
알알이 땀ㅅ방울이 어리어
그네들 수고手苦가 이렇게도 값 있을줄이야
농민農民이어! 고맙소이다
근로勤勞하는 인민人民이어! 눈물겹소이다

헵쌀이 나오노니 배급配給이 나온다 좋아라
인제는 살았구나 어린것들도 날뛰였다.
허나 이무슨 심술이뇨 이제와서 묵은쌀이란
떠서 곰팍내가 팍 팍 나는 묵은 쌀!

어느지주地主 곡간에서 두고두고 묵어난 쌀이냐
모리배謀利輩 창고倉庫에서 넘어 나은 쌀이드냐
왕자王者를 음모陰謀하고 황금의자黃金椅子를 노리는 대관大官
머리 노랗게 물드린 첩妾을 길르고 남았던가
그래도 맛이 없다고 햇쌀과 바꾸려고

강토彊土는 허러저 두쪽이 나고
밭이랑 무너저 숙대밭이 되여도
삼천만三千萬 겨레가 폐허廢墟에 누어도
곡식마저 앗어가는 음모자陰謀者들아!

조국祖國을 위爲해 마치는 한덩이 힘이 못될망정
조국祖國을 좀먹으려는 송충松蟲이같은 심사心思가 되리까?

동족同族의 피를 빠라 원怨한이 솟치는 곳에서
혼자만이 기름지고 살찌려는 민족民族의대적大敵
지주地主랑 모리배謀利輩랑 황금의자黃金椅子에 눈이 어둔 대관大官들아!
이 곰팽이 실은 석은쌀로 담은 독주毒酒를 마시고
이땅에서 물러 나 비등沸騰하는 심연深淵으로 거꾸러지라
네 비단옷자락에다 마즈막 악몽惡夢을 싸안고

들떠서 곰팍내가 드럭 드럭 나는 석은 쌀!
아! 그러나
그래도 입입粒粒이 알알이
농민農民의 피가 어리고 땀으로 새긴
기름이 짜낸 귀貴한 쌀이로소이다
아무도 정말로 눈물 아니고는 못 대하리다
농민農民이어! 고맙소이다
근로勤勞하는 인민人民이어! 눈물겹소이다
　　　　　　　　　—천구백사십육년 십이월 일일 첫배급 날.

대합실

조국祖國은 오래 잊언던 모도 찾아
아버지의 땅에 쫓겨간 자손子孫들 돌아왔다
눈 날리는 거리 거리 양철통을 휘두르며
배고파 울고 헤매는 뉘 아들 딸이드란

태여날적부터 도적의 영토領土에서 자라 나
햇볕을 못 본 소년少年아
매마른 입술에 피가 돌기도 전에
천애고아天涯孤兒로서 또 다시
어머니의 품을 잃게 하느뇨

어둠이 나려 불 없는 가등街燈이 시리고
눈 바람에 참새 깃을 찾아들면
길 잃은 어린 양羊 때들은
흑흑 손을 불며 이곳을 모여 든다

도적의 영토領土에 태여 나 그늘진 덤불에서 자란 소녀少女야
별도 칩다 오들 오들 떠는 이밤
헤여진 옷자락에 자장가가 돌아나면
석뉴같이 익어 터진 빨갛게 언 손발이
기적이 밑을 어머니의 젖가슴처럼 달가드는구나

　　　　　　　　　　　　　　—천구백사십육년 십이월 칠일
　　　　　　　　　　　　　　첫눈이오는날역驛에서.

한번은와야할날
—거병擧兵의 날을 맞이하야

삼청동三淸洞 막바지
별도 아직 잠이 일은 새벽
적敵이 아닌 적탄敵彈에 쓰러넘어진
이십二十 꽃다운 셋 생명生命!

조국祖國을 위爲한 벌서 바친 몸이라
언젠가 한번은 맛당히 가야할 길이로되
스스로 떳떳한 죽엄의 길을 찾지 못하고
모진 독수毒手에 무참無慘히도 끄을려 가다니

삼십三十 육년六年을
나라 없는 하늘아래 슬슬히 헤매이다
네 원혼冤魂은 조국祖國의 하늘에서
어인고 또 다시 헤매야 하단말가!

그대들 흘린 혈흔血痕이
무너진 땅에 자곡 자곡 다디여
그 죽음 허수히는 되지 않으려니

한번은 와야할 날이 있어
기어期於이 찾는 날은
꽃바구니를 들고 망우리忘憂里를 찾으리

들국화 43

차디찬 흙덩이 속 풀뿌리 밑에
눈 감지 못한 서론 혼魂들?
그대들이 묻고 간 영원永遠한 초석礎石 위에
한번은 와야할 날이 있으려니 있으려니

—천구백사십칠년 일월 십구일.

란
—

골목길

나는 네앞에 있으면서 말을 잊은사람
그러나 마음속엔 수무길 남은 비화秘話가 떨었다

손을 뻗히면 곧 새하얀 내 품안엘
비둘기처름 파닥일 새이를 들고도
머얼니 하늘가에 있는 사람이러라

네 갸벼운 우슴속에 송이송이 장미薔薇가 피었만
적은 한포기 끊을길 없는 나이외라
오즉 임자없는 향香취만 가슴을 지르누나

담 모롱이를 몇구비나 몇구비나 휘돌아
하얀 모수치마를 사각사각 끄을고 가는 양은
유월六月의 뜨거운 태양太陽도 너를 애껴 구름속에 든다

네 우물같이 깊은눈에는 태고太古의신화神話가 잠이 들고
서리서리 감춰둔 눈물먹은 애수哀愁를 노래다 실어
이져녁은 뉘를점ㅏ쳐 네 다多한한 정情을 쌓으려나

방랑기

낙동강

저녁노을 물우에 곱게 어리어
바람 자는 기슭을 걷는 나그네
호젓한 그림자 외로웁네

흘러흘러 낙동강洛東江 긴긴 세월歲月을
몇번을 지어갔나 수탄 전설傳說을
물새도 뜻있어 울지 않어—

낭랑제

조당廟堂에 향로香爐가 피어 오르면
어여쁜 고낭姑娘[*]
이 합장合掌을 한다

숭가리^{**}
물길에 꿈을 실어
귀고리 고낭姑娘이 절하고 갔다

연蓮못 가 발이 작은 내내奶奶^{***}는
십리 백리十里 百里 넘에서 대차大車^{****}를 타고 왔다
해마다 북산北山에 낭랑제娘娘祭 지내면
빨강 저고리 푸른 바지 화혜花鞋^{*****}가 고아라

---

[*] 꾸냥, 처녀.
^{**} 송화강, 松花江.
^{***} 네이네이, 할머니.
^{****} 따-처, 소구루마.
^{*****} 꽃신.

방랑기

숭가리(松花江) 황토黃土물에 어름이 풀리우면
반도半島 남南쪽 고깃배 실은 낙동강洛東江이 정情이 들고

산山마을에 황혼黃昏이 밀려드는 저녁답이면
호롱불 가물거리는 뚫어진 봉창이 서러웠다

소소리바람 불어 눈 날리는 거리를
길 잃은 손이 되어

멫마듸 주서모은 서투른 말에 꾸냥姑娘이 웃고 가고

행상行商떼 드나드는 바쁜 나루에 물새가 울면
외짝 마음은 노상 고향故鄕하늘에 구름을 좇곤 했다

묘비명

아침엔
찬 이슬로 싰어주소

저녁답이면
할미꽃 보게 하소

비 오는 날은
부헝이 울고 가고

달 밤엔
두견杜鵑이 와서 놀다 가라

추풍령

새새끼 처럼 배배 탈린 어린 계집애가
매마른 젖가슴을 헤치며 자꾸만 졸라댄다

복스 구석에 죽은듯 늘어진 어머니는
빨릴레야 젖이 있을 리 없고
그 여울진 이맛살이 몹시 귀찮다는게지
공기空氣 빠진 바람공처럼 된 젖통을 여미고여미고 한다
마침내 참다 못해 혀를 끌끌 차며
선반에서 대롱대롱 바가지 달린 봇짐을 끊어
마른 바가지 하나를 팡개질 치듯 매낀다

고향故鄕에서는 한번도 먹어본적이 없는
고향故鄕은 떠나는길에 처음으로 빚은 떡
고향故鄕에선 두고두고 애끼던 바가지 렸다
밤 바람이 몹시 부듸치는 차창車窓으로
고향故鄕하늘은 캄캄한 어둠속에 뿌리치듯 멀어저 가고
해마다 해마다 늘어가는 유민流民의 무리들

오막들 가난한 호롱불이 여위는 밤
내고향故鄕 땅에 마즈막 기적汽笛을 울고
지금 기차汽車는 추풍령秋風嶺을 넘어간다

대동강

능수버들 휘 늘어저
청제비 손살같이 날고

흐릿한 그림 속에
부벽루浮碧樓가 저물면

아! 대동강大同江 대동강大同江아
모란봉牧丹峯 궂은비에 옷깃이 젖소

주을온천

혼자 산山곬에 자욱히 눈이 덮여
아늑한 김속에 눈감고 몸 담그면

아! 이땅에
이리도 끓는 혈관血管이 도는구나

주을朱乙아 또 나는
내일來日이면 북만北滿으로 가야한다

나의노래

어항 속에서 꼬리 치고 뛰 노는 금金붕어 같이
아침 태양太陽아래 네활개 치는 소년少年 소녀少女야

기름 등잔 돋우고 짚신 삼는 할어버지면
바눌귀 어더운 돌안경 낀 늙은 할머니면 어떼

꿀벌떼 날아드는 오월五月 화원花園에
훈향薰香에 취醉한 난만한 꽃도 좋지만

간밤에 불던 바람 가지 가지 쏟아저
노랑나비 울고 가는 낙화落花ㄴ들 어떠리

백사白沙벌에 앉아서 조개를 줍는
푸른 바닷가 달밤은 고만 두고래도

그대를 위한 정영코 그대를 위한 노여움이라면
황혼黃昏이 내린 뒷 거리를 나 혼자 간대야 뭐래나

딸기

높은산山 바위틈을
불같이 타는 딸기
이땅에 재자명장才子名將
피로써 죽었으니
너는 어이 피로써 안나리까
깊은산山 두견새야
피나게 우는구나
이땅의 젊은이들
흘리간 핏방울이
자욱 자욱 딸기로 피었나니

고산

찬 하늘에
성상星雲이 곱게 흐르는 밤

숙명宿命의 검은 아구리는
이윽고 내 삶을 잠식蠶食했다

황천강黃泉江 푸른물에
망각忘却의 배를 띄워

유황硫黃내 나는
시체屍体를 흘러 보낸다

목내이木乃伊와 같이
내 넋두리는 눈 위에 뉘었어도

영혼은
어머니땅 고산故山으로 돌아가게 하라

여정

억조창생億兆蒼生이 별같이 사아는 이땅
어찌 내 혼자만이 아니겠거니

이땅의 억만億萬시름 네 혼자 사궛더냐
져 산山기슭 걸린구름 무겁게도하이
억만億萬시름 너에게로 왔더냐
네 억만億萬시름 달레였드란

기인 시름이 내맘을 싸고 도니
내마음 하늘로 날러 날러라

임

설월

내 일찌기 그대로 말미암은 서러운 새 되어
푸른 나래 속에 검은 상장喪章을 펴고
서산西山에 뻐꾸기와 만가挽歌를 불렀더니만―

다드미소리 멀고 눈도 차고 달도 차고
고독孤獨은 어둠처럼 짙어 들어
이불속 홀로 눈감기 싫은 이밤

또 한번 옛날에 돌아가 그대일수 없고
무엇인지도 모르기 허전한 심회心懷
달도 이밤엔 나를 위로慰勞하진 못하리

행복

옥수玉手 백안白顔에
눈물 터린 흑발黑髮이
눈감으면 살포시 떠오른다

호수湖水 가 잠든 별양
수심愁心에 젖은 눈
눈 감고 살포시 눈물 진다

우물같은 정情이 못 잊어
남해南海의 진주패眞珠貝 네 가슴에
눈감고 살포시 잠이 든다

햇솜같이 따뜻한 마음이
내 모든 죄罪를 사赦하고
슬픔을 달래주는 그대
눈감으면 살포시 나는 행복幸福하다

눈 닫으면 자고 이는 그대
조촐하므로 진실로 조촐하매
살포시 눈 감고 내 행복幸福에 운다

미련

만나량이면 눈물로는 뵈지마소
안보면 저윽한 사람

날저무면 호젓한 자리가
긴긴 몇 밤을
그대와 먼 거리에서 헤었든고

내 꽃밭에서 자라
하로 아침
꽃망 우리 이슬과 지고

아픈 마음은
이제 폐원廢園에 서서
지낸 날의 향香을 더듬어 보다

복숭아꽃 피는 마을

십년전

북산北山에 올라 단풍丹楓을 끊고
송화강변松花江邊에 조악돌을 주서
우리의 꽃같은 세월歲月을 꾸며
청춘靑春을 구가謳歌하는 물새는
천국天國의 설계도設計圖를 물고
높이 하늘 가로 날랐도다

그늘진 가슴에 애수哀愁가 기어들면
네 숨은 눈물이 얼마나 많았던고
백랍白蠟같은 눈물이 달빛에 어리울때
여윈 그림자를 안고 낙엽落葉지는 거리에 서서
내 환영幻影속에 날아드는 범나비 쌍쌍

봄이 오고 여름이 가고
또 가고 오고 십년十年이 흘러
바람 자는 버들숲에 새소리 고요하면
흰 커탠을 드리운 아늑한 방房안에는
어머니의 자장가가 오늘도 있는가

이주애

어너누가 기대린다고
고향故鄕도 버리고 찾아 온 만주滿洲
어인고 참새 입알만한
네 죄그만 창자를 못채워주나뇨

묘망渺茫한 들이 길게길게 뻗어 있어도
네몸 하나를 뉘어줄곳 없구나
내 팔뚝이 거센 파도波濤처럼 억세건만
떠나는 너를 잡을길이 없었드라

순이順伊야
너는 새땅을 찾아 아비와 어미를 따라
다시 멀리 북지北支로 가버리었지

바람도 자고 별도 조을고
참새 보금자리에 꿈이 깊었는데
우울憂鬱한 침묵沈默과 폐선廢船의 만가輓歌가 저류底流하는 이방房안이여

내마음 기름같은 고독孤獨을 안고
이밤에 만리장성萬里長城을 넘고 백하白河를 건너
운연雲煙이 막막漠漠한 북北녘 하늘로 향向했도다

독사毒蛇같은 쇠기가잠겨있는 탁류濁流에

노櫓를 잃은 가엾은 순이順伊야
만수산萬壽山 허리에 행여 고량高粱을 심었거든
가을 바람에 네 기쁜 노래를 부쳐다오

천리길

천리千里길 구름 넘어 임 게시는 곳
하그리 서러워라 오늘 아침엔
그쪽 하늘 아득히 아하 아득히
안개가 깊이 덮여 보히지 않네

산山 넘어 제를 넘어 임 게시는 곳
하그리 반가워라 제비 한쌍이
물차고 날아와서 아하 날아와
잘 있더라 소식을 전하고 가네

산山 넘어 구름 넘어 천리千里나 먼길
하그리 가고 지고 외로운 이밤
불타는 이마음이 아하 마음이
산넘어 구름넘어 임 게시는 곳

나 사는 마을

바다가 사나우란다
쉬이 가자 물길을 마음의 새야
넘으면 보고픈 나 사는 마을

안개가 짙어오누나
길을 잃고 헤매는 마음의 새야
꿈에도 가고픈 내 살던 마을

저녁달 물위에 잠긴
항구港口로 날아가는 마음의 새야
등燈불이 꺼지면 너도 울어라

복숭아꽃피는마을

창망한 하늘 가에
구름이 자고 이는 오리동 마을

수차水車가 도는 외딴 오두막
물래 잣는 순이順伊야

비달산山에 바람이 불어
저녁노을 비낀 여울에 꽃잎을 띄워

십년十年이 흘러간 오늘에도
우리는 열일곱 소년少年과 소녀少女이었나

이밤 내 촛불을 돋우고
복숭아꽃 피는 마을로 돌아가리

세기의 거화

학병의 아내

자정이 지나 첫 닭이 울면
바누질 하던 손을 멈추고
어린 아내는
몰래 우물 가로 나갑니다

소반에 정화수를 떠 놓고
마음의 촛불을 밝혀
어린 아내는
북두칠성을 보고 합장합니다

해방이 된 조국祖國을
임이어 아시나이까
어린 아내의 영혼은
남십자성이 빛나는 하늘로 향했읍니다.

안녕하시오니까
바다를 두고 마음과 마음
어린 아내의 눈시울에
가렁 가렁 은방울이 맺힙니다

종

눈 바람 비 바람을
벙어리 된지 설흔 여섯 성상星霜
함각檻閣 안에 외로운 사슴처럼 갇혀
홀로 절개節介를 굽히지 않았느니라

오백년五百年 이 땅을 지키던 너일레라
한번 울음을 걷운 뒤
팔도八道 장안長安은 황혼黃昏이 쓸었느니라
생명生命을 바친 열사烈士들이
총銃 칼에 굴치 않던 뜻을
사슬에 얽혀 피를 뿌린 행렬行列을
몇 차례나 눈물을 새기고 보냈느니라

지는 봄 오는 가을을
이제 너
잊었던 울음 다시 터저 나오누나

강산江山을 울리는 은은股股한 종鍾 소리
하늘 같은 서름을 바다 같은 울분을
이 징역 이 땅에 여명黎明이 왔도다

한강

한강漢江 구비 구비 네 홀로 푸른 물아
백사장白沙場 위 지은 자욱 피를 씻어라

유구悠久 먼 날을 두고 두고 새겨 온
이 땅의 눈물을 헤아리 보자

아직도 이 땅에는 비극悲劇이 남아 있어
한강漢江물 칠백리七百里에 이 칼을 씻나니

녹쓴 칼집에 굳이 닫아 둔 장검長劍
아득히 떨어 하늘 높이 휘둘으니

광망光芒은 일순一瞬 검은 구름을 몰아
돌개바람 속을 번개처럼 운다

아직도 이 땅에는 죽다 남은 원수怨讐가 있어
칠백리七百里 푸른 물에 이 칼을 씻었노라

봄 교외

사월四月의 미풍微風은
물동이를 이고 가는 마을 처녀處女들
칠칠한 머리채를 스치고 간다

금金빛 모래
은銀빛 조약돌
사월四月의 미풍微風은
어루만지고 강江을 건넌다

초록융단草綠絨緞을 펴 놓은 밭에는
겨레의 생계生計가 평안平安하고
내일來日의 건설建設이 눈부시다

기름진 내 땅
살찐 이 강산江山
아! 이젠 한 알 곡식도
내 겨레의 피가 되고
뼈가 굵어진다

종달새 노래 아지랑이 속에 피고
표모漂母의 방망이 소리 노櫓를 젓고
흰 구름 하늘에 떠 놀고

죽

천정天井에 얼룩 무늬를 놓으면
왼 방房 안이 수분水盆의 연흥을 버리고

담장은 무너저 쌉살이 드나드는
삼간모옥三間茅屋이라도 내가 안주安住하는 곳

찌그러진 평상平床에 둘러 앉아
먼 하늘에서 엿보던 열 이틀 달이
어느덧 몰래 죽 그릇에 잠겼어라

왼 종일終日을 야윈 창腸자에
달을 삼키고 하늘을 마시어도
달걀만한 위대胃袋는 차지 않는구나

강토疆土는 풍년豊年이 들었다는데
베도 않은 조粗보리 한말에 이백원二百圓이라니

아! 소야 소야
순하디 순한 소야—

걸인

누더기를 걸치고 살은 비어저 나왔어도
바가지만 들고 나서면 네먹을 것은 있나니

눈 먼 위선偽善과 허울 좋은 도덕道德이 없기에
뉘 집 처마 밑이라도 누으면 꿈나라로 가는구나

잠이 깨면 푸른 하늘을 볼 수가 있고
별을 보고 달을 노래 할 수 있었구나

언젠가 너는 그레도 나를 부러워 했을테지
왼일루 오늘에는 내가 네가 부러우니

배 고프면 곧 먹을 것을 찾아 헤매이다
배가 부르면 발을 뻗고 자지를 안했겠나

조그마한 낡은 체면體面과 말라빠진 허세虛勢로해
이리 같이 주려도 네 모양을 못하게

조인 창자를 움켜 쥐고
고양이 잠을 자는구나

벽

구산각丘山閣 삐루 언 유리창에
칼날 같은 바람이 우는 해질 무렵이면
길게 장사長蛇의 열列을 지어 선다

콩크리 벽壁 하나 사이에 두고
오른 편이 사원四圓짜리 후생식당厚生食堂
왼 편이 바루 오십원五十圓 낙천樂天이다

오른 편에 지개가 늘어 서고
젖먹이를 달래는 아낙네가 쭈그리고
맨발 벗은 아이가 흑 흑 손을 불고

왼 편에는 여우목도리가 웃고
피묻은 입술이 사부로사장社長을 끄을고
라이타 양궐연이 들어 간다

오른 편은 녹쓴 솥에 거미줄을 치고
왼 편에는 금고金庫 속에 휴지 같은
지전紙錢이 얼마든지 쌓여 있다.

왼 편 사람은 한꺼번에
열 두 끼를 더 먹어도
오른 편 사람은 이의異議가 없다

벽壁

그런 벽壁이

있다

할로

해방解放의 은인恩人이라고
휘날리는 기폭旗幅 속에서
감격感激의 눈물로 맞이했읍니다

할로 할로 하고
어린 것들이 뒤를 따르는 것은
철 없는 마음에도 고맙다는게죠

할로는 아저시라고 부르는 아양
원숭이 흉내도 아니고
이국異國 사람이라 무섭다는 것도 아닙니다

비스케트를 길바닥에 뿌리는 것은
풍속風俗이 다른 이국異國에 온 어리석은 정취情趣라면
—참아요
왜倭놈보다 외려 원망怨望스러웠다오

개가 내까린 오줌바닥에도 뿌렸지요
해방解放의 은인恩人이라고 우리는
그러면 다음 날 또 다른 눈물로써
태평양太平洋 저 편으로 보내려오

이걸 줏어 먹는 아이들이
훗 날

할로의 어머니가 아버지가
될 수도 있지 않겠읍니까 —

백발

—병술년丙戌年을 보내며

청춘靑春이기에 청춘靑春으로 해 순간瞬間을 살아
나비 오는 꽃 밭에 그지없이 헤매다가

철 지어 오는 가을 찬 바람에
네 애절哀切한 넋이 울고 남은
마땅히 낙명落命의 날이 있으려니

옛 날에 못가하는 너의 서름
영원永遠히 못돌아 가리 못돌아가리

자화상

눈이 깊이 들어 가서
바다를 좋아 한다

코가 우뚝 솟아
산山을 믿고 살으리

키가 훨씬 크기에
반마班馬 같이 슬펐으며

마음이 약한 탓에
거미줄이 미서워라

때로는 구름 위루
한사 솟으라칠려다

맺히고 맞힌 눈물을
바다처럼 생켜 왔오

허구 많은 세월歲月을
산山 같이 쌓았댔오

두메 머시매

두멧 골에 사는
두멧 머시매는
두멧 골짝에서
수껑을 굽는다

두멧 머시매는
수껑을 구어도
마음은 희단다야

수껑 짐 지고
서울 올라 가면
서울 가시내

질삼도 못 하능기
비단 옷만 입고
모내기도 모리민성
흰 밥만 묵지그리

서울 가시내
달 밤에 여우 같이 생겨

두멧 머시매야
얼굴이나 좀 씻어라지

아이구 서울 가시내

두멧 머시매는
조상 할배 때부터
두멧 골에 나서
미영木花 밭에 자란
두메 음전이가 배필이니

미나리

미나라 새 순 돋아
고초장이 익으면

초라한 아침 상床에
은수저銀手箸 개가우이

봉선화

이 밤
달을 수태受胎한
봉선화야

먼 태초太初 때는
심심산深深山에 피어
네 작열灼熱한 넋이

밤을 새와
불여귀不如歸 터지는 목청
그 비색緋色은 혈흔血痕이라지

부채

―졸업생卒業生에게서 받아

흔들면
백로白鷺의 깃처럼 가벼히
쌍긋한 바람을 몰아 오는 부채렸다

그러나 이 어이 또한 못 잊어
쏟아 주고 가는 정情이라면
어찌 내 다만 부채로서만이랴

금붕어 하늘을 바라고
젖 빛 향수鄕愁가
저녁 노을에 익으면

내 손에 든 부채는
불현듯 적은 거리距離에 서서
그대들을 마음해 외로웁구나

이별곡

― 졸업생卒業生을 보내며

구름 많은 하늘에 길이 열리어
마음의 등불을 높이 밝히고
자유自由의 나래 펴고 솟는 비둘기

찬 이슬 비 바람에 지친 모습이
스무산山 호수湖水에 목을 추기고
홀홀이 가는 양이 못내 그리워

어느 때 봄이 오는 기약期約이 있어
보배를 잃은 듯 애틋한 마음
어엿이 불러 주리 고운 이름을

제비

―제자弟子가 그리운 날

저녁 노을에
나래가 곱고
눈이 고웁고
입이 고분 제비야

산山 너머 아직은 수탄 추억追憶이
열매처럼 익었나보지
맑은 물에 목을 추기가며
오늘은 나 함께 얘기 안할련!

어연듯 무서리 나리면
강남江南으로 날아 갈 날을
나는 하마 하마
곧장 걱정이 되는 구나

바람도 선듯 지나치고
달 빛도 기어 들지 않는
두고 간 처마 밑 비인 집이
눈에 가리어 마음 앓인다

제비야 고운 제비야
꽃도 나비도 말고

소롯이 소롯 내려 오라
내 손바닥에 앉아 보라

아이와 나비

상치 밭 위루
살얼음을 밟는 듯
가만 가만 숨어 간다

샛별 같은 동자瞳子를
파아란 상치 밭
힌 점點에 모우고

조갑지 같은 꼬마손이
조심 조심
위태해라

그만 나비는
꿈 같이 홀홀 날아
아지랑이 속으로 숨는다

날개가 있어
하늘까지라도
따라 갈 듯
멀리 보내는
어린 눈망울 속에
진주眞珠가 아롱진다

신라제

단청丹靑이 고아
천년千年 묵은 기둥

이끼가 푸르러
천년千年 지은 석벽石壁

기둥에 울음이 있어
석벽石壁에 말문이 티어

이 고장 하늘
천년千年 구름이 피어

신라新羅 옛 터전
만년萬年 학鶴이 난다

세월

물레방아
바람차車처럼 돌아

욕辱된 기억記憶은
달 빛에 씻어 보내고

마음 속
기우린 술 잔을

진정
뉘를 위해 받들어 보리

흐르는 지음을
초라한 맨도리야

정열情熱은 한양
강江물처럼 구비치고

밤의 환상

외나무 다리
하마면 건너 오리

어데로 가니이꼬
다소곳이 고개 숙여

호젓이 호젓한데
요령아 상여이야

촉蜀새가 우는 밤은
목상木像도 울었더라

반딧불

별도 숨어 버린 한밤
너는 오롯한 내 마음의 등촉燈燭

이슬 밭에 가는 숨 드리우고
석유石油 심지처럼 타다

풀벌레의 무연한 울음과 함께
아침이면 서러히 스는 꽃가

탁목조

도토리 안 익어
부헝이 울음 설다

솔 바람 불어
산山 그늘 내리어도

우정
넌 모른채 하더라

서산西山에 불을 먹고
고목枯木만 쫓고 있는 거이냐

성묘

돌아 보아도 돌아 보아도
뫼새 울음만 적적한
황혼黃昏이 곱게 나려
어머니의 새 무덤이 있다

네 살 난 어린 딸이
들국화 꺽어 와서
엄마 무덤 꽂으라기
젊은 아버지는 목놓아 울더라

눌은밥

일등실一等室은 아여 필요必要도 없었다
이등실二等室은 인정미人情味가 엷지요
비좁아서 몸을 비비적거려도
그래도 삼등실三等室이 좋았다

길모롱이에 앉아 울리는 단소 가락도
이지는 귀를 기울여 주는 사람이 없어
아버지의 작지를 끄으면서
슬픈 가락 그대로 고스란이 물리 받아

어린 짚씨의 구성진 목청이
한바탕 좌중을 팔고 나니
떡이랑 김밥이랑 잡수세요 먹읍시다
차車 안은 그나마 호화로웠다

인조견人造絹 속 치마가 낡아 헤어진 속에서
부산釜山서 용산龍山으로 간다는 젊은 여인女人네가
소나무 껍질처럼 갈라 터진 손에
어린애 주먹만한 눌은밥이 눈물겨웠다

따뜻한 앙가슴 마주 부비대고
웃어야 할 우리들이 아니냐
이렇게도 쪼들리는 가난이

98 이설주

어느 때에야 없어지누

창窓 밖에는 음한陰寒히 흐린 하늘에서
살을 어이는 눈 바람이 마구 몰아치는데
차車는 그냥 북北으로 바쁘게 달린다

            —경부선京釜線 차중車中에서,

숯불

아스팔드가 송진처럼 녹아 내리는 날
콜탈을 칠한 함석 밑에서는
아무래도 배기 낼 수가 없어

매미 울음 소원한 저녁이 오면
진이 어머니는 풍로를 가지로
으레이 길거리에 나온다

긴 장마에 젖은 숯 부스러기가
몹시 내운 연기를 피우면
무거운 생활이 고운 얼굴에 금을 그린다

이따금씩 찦차가 휙 뿌리치고 지나가며
파도떼미 같은 먼지를 퍼 넘기면
하얀 얼굴이 자래 모가지처럼 부채 뒤에 숨는다
그리 해서 한참이나 앨 써
숯불이 활 활 활 타 오르량이면
진이 어머니의 얼굴에도 숯불이 핀다.

노란 안동포 적삼에 깜둥 삼베 치마를 입고
저녁마다 때가 되면 젊은 엄마는
길바닥에 나와 숯불을 피웠다

100 이설주

고아

― 고아원孤兒院을 방문訪問하고

피 묻은 산욕産褥에서
태내胎內에 진통陣痛이 아직 채 못그쳐
벌써 천애무연天涯無緣한 아들 딸

강보에 버린채로 토끼새끼처럼 길러 와
엄마 이름도 아빠 이름도 누를 주었기
누나도 언니도 없이 소년少年이 되었나

눈물도 피도 고스란이 잊은
세상과는 담을 쌓은 울 안에
젖을 잃은 날은 학鶴 같이 울었구나

지친 이불 속에 찬 바람이 세어 들어
기러기 울음 슬픈 방 안에 밤이 오면
어디메 엄마가 있어 어엿이 불러 주리

삼십육년

푸른 오월

푸른 오월
푸른 하늘
푸른 꿈이요

푸른 구름
푸른 마음
푸른 노래요

푸른 비밀이
푸른 입 다물고
푸른 눈을 감는다

푸른 햇 빛이
푸른 창을 들어 와
푸른 애길 하잔다

푸른 행복이
푸른 울음을 울고 오는
푸른 오월이요

그대는 내 그늘에 살아라

봄
여름
가을

그대는
내 그늘에
살아라

꽃잎 먹고 꽃잎 먹고
낙엽 먹고 낙엽 먹고
벌레 울음을 먹고

슬픈 이름
그대로
그대로

그대는
내 그늘에
살아라

순이의 가족

순이順伊는 혼자다
차車에 오르내리는 아무도
순이順伊의 때 묻은 치마자락 속에
한 그루 애닯게 숨어 핀
열 아홉 꽃 시절을 모르는채

순이順伊는 섧다
낡은 짚신에 헤어진 맨발이
비바람 치는 음습陰濕한 토막土幕
거적자리에 지쳐 누은 아버지와
배고파 조라대는 어린 동생들이

그러나 순이順伊는
지는 해가 구름을 곱게 태우는 하늘 아래
식은 밥을 빌러 갔던 동생이
장미빛 얼굴로 밤톨이처럼 달려 오면
능라금의綾羅錦衣의 아가씨를 부러울 것도 없었다.

순이順伊의 남매男妹는
떡을 팔던 함지박에다
식은 밥이랑 비지찌개 같은 것을 담아 이고
어머니의 발자욱을 어루만지며
말똥내 풍기는 칠성리七星里 모롱이로 돌아 간다

순이順伊의 가족家族은
이윽고 흙 한줌 없는 고향故鄉이
언제나 남의 땅 같이 슬퍼
저녁 하늘을 등지고
오늘도 조국祖國에서 헤매야 하는 나그네

군밤

영화관映畵館이 헤어져 쌍쌍이 짝을 지어 가도
그런 건 본대 부러워해서는 안된다.

동성로東城路 네거리 컴컴한 전봇대 밑에 앉아
순이順伊는 오늘 밤도 군밤을 팔아야 했다

왜적倭敵이 주고 간 깊은 상처傷處가
그리는 쉬이 나을 리도 없으리라

순이順伊는 설사 밤을 섬씩 굽는대두
긴 치마를 가져 볼 수는 없다

년들이 버린(하까마)조각으로
군더더기 같이 깁어 입고

수건으로 머리와 귀를 폭 쌌으니
가슴을 쪼개면 끓는 피를 어찌할꼬

칼멘 얘기를 하면서 지나가는 고운 부부夫婦가
할머니 군밤 주세요 하고 닥아 서면

그래도 누에 같은 피부 속에 고물거리는
열 여덟 안타까운 젊음이 부끄러워

마카오 종이에 군밤을 싸서 내미는 손이
숨결처럼 떤 것을 아무도 모른다

수의

어머니는
새 색씨 때 입은
홍치마의 추억追憶이
늪 같이 말라도 슬프지 안했다

올올이
백발白髮로 엮은 주름살이
허전한 얼굴에 향수鄕愁를 부르고

죽음이 뵈는 언덕에
작지를 짚고 서서
죽음이 궁금하여
명주자락을 목수건처럼 둘러본다.

당신이 입고 가실
하아얀 수의壽衣에
인고忍苦의 노래가
물무늬 같이 얼룩이 지고
샘읫둑에 묵은 꾀영꽃이
만사輓詞 같이 시름없이 떨어지는
윤삼월閏三月
수의壽衣를 마른다

판자집
— 철거撤去를 앞두고

피묻은 목숨을 에워싸고
오늘 하룻 밤의 나그네

박쥐로 어느
옥탑獄塔으로 날아가고

내일來日을 베고 누웠으니
고향故鄕의 노래가 향수鄕愁를 밟고 온다.

조국祖國의 밤 하늘이
너무 고와서 슬픈 사람들

꽃 그늘에 달이 오면
부서진 꿈들이 때묻은 수건처럼 걸려 있다

화장장에서

다시 살아 나기를 원願치 않은 사람들
다시 살아 나기를 두려워하는 사람들

행여 살아 날 수 없는 시체屍体를
행여 또 한번 태운다는 것이다

영혼이 있으면 영혼도 죽어라
삶이란 얼마나 어려운 것이더냐

망각忘却의 연기라 북망北邙을 가리웠네
허허虛虛한 시공時空 위에 무엇이 남는고

살아 나기를 오히려 두려워하는 사람들
몇몇이 나란이 의誼 좋게 누웠다

밤송이

그대로 굴러 다녀
고심도치처럼 흉해도

욕된 의상을 벗어 버리고
섬섬 옥수로 깍아오리량이면

통영 소반에 나붓이 점지하여
신부님 첫날 밤을 모십니다

진실로 남과 같이

진실로 남과 같이
이렇게 불꽃을 살아 놓고
뒷 모습이 아프다

모든 미운 사람들에 끼어
진실로 남과 같이
뒷 양자가 황홀하다

퍼덕이는 나래를 곱게 접고
뒤를 따라 하염없이 간다
먼 사람아

내 너를 불러도
메아리처럼 돌아오지 않는구나
슬픈 사람아

밤이 오지 말고
네가 가지 말아
아쉬운 사람아

봄은 풍선구

아슴으레 하늘 가를
둥 둥 떠 오는 봄은
아지랑이로 매 단 풍선구風船球

종다리란 놈이 가지고 놀다
그만 구름에 받틀려
팍삭 터져버리면

탱자나무가 선 마을
나직한 언덕에
나비와 같이 내려와 앉는다

냉이를 캐는 처자들이
바구니에 담아
저자로 이고 간다

사창굴

나는 매춘부賣春婦 올시다
발가벗은 알 몸둥이 올시다
아무도 미워 한 적도 없는데
별을 등지고 살아야 합니까

산다는 이름을 지우고
찌프린 하늘 아래 놀 비낀 언덕에
주검 위에
신호등信號燈이 켜지나 봅니다

그리운 것들을 한번 불러 보고 죽어야겠읍니다
이지는 더 짓밟지 마십시요
이루지 못하는 소망所望을……

찢어진 기旗 앞에서
탑塔처럼 무너져가는
나는 매춘부賣春婦 올시다
이름만의 인육人肉이올시다

맥령

여윈 잔등에다 멍에를 얹고
일류혈—流血이여
욕망慾望은 어느덧 흘러 간 별이어라

소모양 팔려 가는 마을 처녀處女들
—노랫랑
한 아름 뼈 아프게 품고싶어라

아무것도 거역拒逆한 죄罪는 없는데
—형벌刑罰은
매음賣淫의 강요强要를 목에 걸었읍니다

이제 배는 고프지 않습니다
—젊음을
누구에게나 부탁해야 되겠읍니까

수수밭

수놈이 푸드덕
깃을 치며 얼린다

암놈이 받아
끼끼끼 고랑으로 숨는다

깃과 깃이 베일처럼 포개지고
낭자한 고요 속……

필시 자웅雌雄이 금슬琴瑟이
영롱玲瓏히 무늬져 익었으리라

달빛을 가리워 밤 안개가
수수밭을 나직이 덮었다

야앵

—창경원昌慶苑에서

애들은 애들끼리 어른은 어른대로
남자는 남자 여자는 여자
연인戀人은 또 연인戀人끼리
모두 참 다정多情해서 좋다

어깨를 으스대고 몸을 비비며
나도 한데 섞이어서 밀려 가면
누가 나를 혼자라고 하누

못 가에서 장서각藏書閣까지 사이가
제일 꽃이 휘들어지게 많은 언덕이다
꽃비를 맞으며 꽃길을 걷노라면
선생님! 하고 어디에서 옛
제자弟子의 웃는 얼굴이 곧 나타날 것만 같다

오늘 밤 쌍쌍이 여기에 왔다는 표적으로
마그네시움이 펑 펑 터지는 섬광閃光이 지나가고 나면
비로소
뒷 골몰의 낯 익은 창부娼婦라도 그립고 아쉽다

마냥 술을 마시고 노래를 부르는
몇 만萬을 헤아릴 수 있는 이 숱한 사람들이

실상 저만치 행복幸福한지 모르겠다

지금쯤 미아리彌阿里나 삼청동三淸洞 막바지
성북동城北洞 어느 모퉁이에는
내일來日이 어려워서 울고 신음呻吟하는
꽃과는 아랑곳 없는 꽃을 잊는 인생人生들……

마침내 왜정倭政은
모든 것을 다 빼앗아 가고
꽃만 남겨 두었구나

찌개백반

찌개 속에서
보국대報國隊에 간 아버지의 눈물이
형刑터에서 이슬로 사라진 형님의 피가
전쟁戰爭에 쓰러진 숱한 겨레들의 뼈다귀가 씹힌다

소를 팔고 산山턱에 앉아 목놓아 울던 철이
보리고개를 앓고 순順이가 사창굴私娼窟로 간
왜적倭敵에 쫓겨서 조국祖國과 고향故鄕을 버리고
할아버지도 외할머니도 압록강鴨綠江을 넘어 가던
황막한 광야曠野에 고부라진 창자를 움켜 쥐고
눈을 끌어 먹던 그 아쉬운 밥이렸다

오늘도 찌개
어제도 찌개
또 내일來日도 찌개백반白飯
누나도 조카도 배가 고팠던 밥이다

찡! 하고 코 언저리가 실룩거리며
휘휘 저어서 한숟가락 푹 뜨면
서러웠던 역사歷史가 어지러운 파문波紋을 지어
무너지는 판도版圖에 우글우글 해골骸骨들이 아우성을 친다.

보국대報國隊에 가서 돌아오지 않는 아버지의 눈물이
형刑터에서 아침 이슬로 사라진 형님의 피가

전쟁戰爭에 쓰러진 수많은 겨레들의 뼈다귀가 씹힌다

이렇게 피곤疲困한 다리를 절룩거리며
청계천변淸溪川邊 어느 값싼 찌개집을 찾는 것은
약弱하고 외로운 사람들끼리 모여서 사랑하고 돕고
꽁초라도 서로 정답게 나눠 피울 수가 있기 때문이다

세월에게

이봐!
우리 거기에
목노집을 만들어 볼까?

이승과 저승의 갈림 길
연봉오리 터져 나오는
마을 그 옆에 말이다

먼저 간 사람은 헐수 없지만
뒤 이어 오는 사람을랑
우리 부디 하시를 말자구나
무던히 구박을 받다가 오는 사람들이 아닌가

누가 먼저 죽을지……
하긴 나도 먼저 갈거야
아무래도 같이 갈 수 없잖아?

그럼 내 먼저 가서
목노집을 마련하고
모두 만날 수 있는 길목에서 서성거릴께
―술이 익거든 차고 오려므나

어느날

마침내 시인詩人은
그렇게 죽어 가는 것인가

어느 구름에 머무렀다가
비 바람에 져가는—

가고싶어도 가지 못하매
가서는 못 오는 길
이렇듯 슬픈 얼굴들에 끼어
먼저 가고 뒤에 가는것 뿐

인생人生이라서 등불이 꺼지듯
모두 저렇게 가는 것을……

오랜 시간 한 구석에
외로이 지키던 상아탑象牙塔!

시인詩人은 그렇게
외롭게도 가는 것인가

꽃장수

산山을 이고 온다
구름이 머흘 머흘 넘어간다

어린 사슴 발자욱에
두견이 피가 고였다

먼 지평地坪엔 놀이 터지고
강江물이 출렁 출렁 넘친다

사공沙工은 주막酒幕에 가고
나룻배가 조을고 있다

순아는 파라솔을 접고
멧등에 나란히 앉는다

손

강江 기슭에 노을을 펴고
지는 해를 묶어 두자

그것은 ―

통곡痛哭으로 심장心臟이 끊어진
한 시인詩人의 때 묻은 수건

소망所望은 구슬이 아니라서
내일來日이면 떨어진 낙엽落葉

어엿븐 눈동자에
아롱진 눈물이 고운
수녀修女가 바친 촛불

버려진 자者의 슬픈 절망絕望을
어루만지는 불안의식不安意識……

어느날은 ―

혁명革命이 뜨거운 산야山野에
높이 올리는 깃발!

역겨운 세월歲月을
견디고 살아 온
내 서러운 판도版圖

올해는 편지를 쓰자

눈이
함박으로 쏟아지는 아침이면
길모퉁이에 쪼그리고 앉아
손이 발갛게 익어 터진 순이더라
군밤을 사서 고아원孤兒院으로 보내자

전쟁戰爭을 치루고 난 기폭旗幅처럼
피묻은 혁명革命이
노래를 잃은 고독孤獨한 시인詩人으로 하여
울리게 하지 말아

눈이 함박으로 쏟아지는 밤
어느 하늘 가로 헤매는지도 모를
그 억울한 혼백魂魄들을 위하여
우리 모두 손을 모아 촛불을 켜자

미래未來를 상실喪失한 형장刑場에
학살虐殺로 애국애족愛國愛族하던 원흉元兇이
반역反逆한 부정축재자不正蓄財者들이 다시
주문呪文을 외우고 있는 슬픈 공화국共和國!

이제는
사월四月의 피보다도 진한 데모가
또 한번 남아 있다

엎드려 귀를 기울이고
노怒한 사자獅子들의 출렁이는 맥박脈搏을 듣자

올해는
모든 잊혀지고 잊어버린 사람들에게
마음먹고
다정多情하고 따스한 편지를 쓰자

이글 이글 타오르는
태양太陽에게는 뜨거운 뜨거운
사랑의 편지를……

그리고
혁명革命에게도
이 서글픈 사연을 한장 띄우자

화요일

저문 비 쓸쓸히 내리는
어느 간이역簡易驛에서
기차汽車를 기두리 듯이 기차
너를 기다렸다
이름도 성도 모르는……

라 · 포에마의 애끓는 선율旋律이
나의 마음을 알아 줄 리가 없어
먼 汽笛처럼 그치고

다음 다음 화요일火曜日
오후午後 여섯 시를 믿고
어둠에 쌓인 너의 얼굴을 잊을려고 한다

독毒을 실은 꽃잎처럼
지니다 던지는 값싼 미소微笑같은
그러나 노怒할 수 없는 뉘우침을 씹으며
숱한 화요일火曜日을 또 기약期約해 보는 것이다

길 가던 나그네가
강江 가에 붙은 사과 밭에서
사과를 사 먹고 떠나 듯이
약간 애타는 입술을 홍차로 씻고 간다

가랑잎 같은 그림자를 밟고
썩은 과일처럼 상처傷魔가 난 밤을
시그널이 켜진다

가시오……

송림사 가는 길에

무수히 굳어 간 자리에
새들이 울고 있었다

─피의 체온體溫을 지녔던 곳
조용히 백포白布를 덮어 두고

풍해風解한 바위 밑에서 잠든
꽃에 묻(問)는다
죄罪없는 넋이 홀로 남기고 간
가늘은 시냇물 소리에
잔잔한 울음소리가 흘러 간다

산하山河도 십년十年이라
눈 못 감은 원한怨恨이
하늘을 고우고 서서
피리도 못내 풍상風霜에 낡아졌나

여기 숙연히 젖은 죽음 옆에
이름을 몰라 구름이 진다.

강화도에서

놀이 곱은 저 숲 같은 곳이
이제는 불러도 소용이 없나

수연水煙이 드리운
산자락에 조국祖國이 누워있다

활을 당기면 가슴팍을 뚫고
그 뜨거운 핏줄기
용용溶溶히 솟아
아 강하江河여!

저 노을 곱은 숲 같은 곳은
구름이 흘러 갔다 온 자린가
피보다 짙은 염원念願이
수연水煙에 가리운 산자락 ―

징검다리

분뇨糞尿 구루마가 새벽을 뚫고
찬바람에 삐걱거리며 밀린다

내 후미진 주변周邊에서
툭 툭 눈을 털고
누더기가 눈을 가린다

태양太陽은
무너진 돌담을 솟구쳐 올라도
끝내 비정非情의 돌덩이

죄罪 없는 피고被告들
무엇을 배반背叛했다는
죄명罪名이 없다

우뢰雨雷라도 한번 쳤으면
교회당教會堂에서 울려 나오는
저 종鐘 소리가 그칠가
신神도 저버린 ―

어제로 돌아 가려는
징검다리 위해
도 내일이
절룩거리며 걸어온다

고사리

고사리古土里[*]

강江은
흑黑 배암

먹 구름도
여기에 오면
무색하다

지열地熱이
식은
찌꺼기로

고사리古土里에
눈은
검은가

눈물은
시공時空에
묻어

흑뱀의

피와는

동화同化할순 없어

네 순결은
하늘에
하얗구나

---

* 고사리는 탄광지대.

여로

삭막한
나무가지에
꿈을
꽃처럼 붙여 놓아도

뒷 산에서
어머니는 가고
그 어머니가 줏던 도토리를
딸이 또 줏는다

이제
너의 고향에 가도
너는 없고
하늘만 남아 있고 —

황량한 가을
구겨진 표정表情을
허전한 전셋집에 걸린
괘도掛圖처럼 말아 들고

저물어 가는 혁명
아
전쟁 속에서
늙어버렸네!

138 이설주

낙동강

삼십육년三十六年
빼앗긴 조국祖國의 상처傷處를 지니고
굽이 굽이 인고忍苦의 넋이 통곡痛哭한
수난受難의 강江
칠백리七百里 낙동강洛東江아!

동트는 아침
풀리운 조국祖國의 뜨거운 가슴을 헤치고
굽돌고 감돌아 도도滔滔히 흘러 온
조국祖國의 강江
칠백리七百里 낙동강洛東江아!

검은 구름이 하늘을 가리고
피와 피 소리쳐 뿌린
동족상잔同族相殘의 처절悽絶한 역사歷史를 안은
비극悲劇의 강江
칠백리七百里 낙동강洛東江아!

혁명革命의 불씨를 들고
절망絶望을 넘어 파도波濤처럼 밀려 온
젊은 깃발이 소용돌이친
분노憤怒의 강江
칠백리七百里 낙동강洛東江아!

아아峨峨한 산맥山脈을 둘러 놀이 비끼고
기름진 옥토沃土는 우로雨露에 젖어
피빛보다 아픈 겨레의 소망所望인
비원悲願의 강江
칠백리七百里 낙동강洛東江아!

아 국토國土의 성채城砦이고저
평화平和의 교량橋梁이고저
삼천만三千萬의 동맥動脈이고저
낙동강洛東江
칠백리七百里

종점

이미 하루를 배반하고
놀을 등지고 섰다
무엇인가가 나를 밟고 누른다
여기는 종점

미움도 고움도
이제는 고스란히 다스리고
언 손을 가슴에 묻고
잠시 방향감각을⋯⋯

내일의 맥박이 자꾸 약해지고
겨울은 첨탑 위에서 운다

핏줄 같이 진종일 만지적거리던
삼백원짜리 시 한편이
싸늘한 포키트 속에서
감기가 들었다

계곡

구름이 쏟아져 온통
산山 속은 물 소리 뿐인데
가재 피라미 새끼
뻐꾸기 울음에 귀 좋근다

단장

꿈이 깨어서 서운합니다
한고비 강江가를 외로운 갈 잎

이 밤 별들의
자자한 향연이올시다

무에라 은하銀河를 건내시오리까
그냥 그대루 닻을 내려 머무르소서

거목

산문山門 옆에 정정丁丁히 서서
세월歲月 지키는 거목巨木

뭇 새들 네 가슴에 낭자하게 어지려도
항시 하늘이 있어 욕되지 않았도다

천둥 비바람이 무시루 지나 갔고
천년千年을 범이 울어도

석불石佛처럼 발돋음하고
하늘을 우러러서 한恨이 없어라

소복

낙조落照가 공작孔雀의 날개처럼
산山 등성이에 곱다

무연총無緣塚과 함께
띠엄 띠엄 앉아 있는 무덤 새에
소복素服한 여인女人 하나
비석碑石 같이 서 있어
비석碑石은 끝내 조용하고
여인女人의 치마폭은
파르르 바람에 떨어

묏새가 날아 오다가도
그만 앉지를 못했다

산길

할아버지가 깔비*
찜을 받치고 땀을 씻는 길
외할머니 작지를 이끌고 손자가 넘는 길

읍에 간 임자를 기두리는 새댁네 길

바람이 부는 날은 들국이 조바심치는 길
저녁 노루 꿈이 소복이 쉬는 길
어디서 쿵 쿵 물방아 소리 들리는 길

한낮에 구름이 그림자 거느리고 머무는 길
밤이 검은 망토를 입고 오는 길
여우가 달밤에 열 두번 덕수**
를 넘는 길

———————
* 솔까리.
** 땅재주.

146 이설주

진달래 꽃

두견이 뱉은 피에
목이 말라 젖은
심심산深深山에
진달래야

태고적막太古寂寞이 흘러
한恨된 울음
천년千年을 즈음하여
너 애끊는 넋이여

이끼 푸른
바위와 산대도
구름 같이
허무한 노릇이라

늙은 바람이
귀양살이 하다 간
심심산深深山
진달래꽃

장미의 꿈

머언 사모思慕가
은銀실 올로 짜 놓은 비단 수에
눈물 자욱이 슬픈 무늬를 그려

장미薔薇의 아픈 추억追憶을
안 돌아 올 세월歲月이
기인 치마폭처럼 감고 가더라

내 가만히 밀실密室에서
그대 아롱진 꿈을 마시고
금사錦蛇모양 취醉해 쓰러지면

사무치는 뼈에 새긴 조각彫刻이
절도絶島 망망茫茫한 바닷 가에
금모래처럼 흩어져 허무虛無하구나

호수

아침 호수湖水에
물새들이 하얀 손수건을 흔들면

호수湖水에서
푸른 꿈을 지키던 어족魚族들이

호면湖面에 오는
적은 바람을 위하여 향연을 준비한다

임종

검은 망토자락을 끄을고 죽음이
늑골肋骨에 쇠고리를 챈 문門을 열고
하얗게 핀 가슴이 봉창을 뚜드린다

발돋음하고
서천西天 그 먼 먼 변두리
망각忘却에의 그림자
원죄寃罪의 목을 드리우고 간다

아! 원수怨讐 저편에 작열炸熱한 넋이여
황홀恍惚한 구름이 쏟는 불꽃 속에
고이 거두어라
겨레의 이름으로

재떨이

투명한
유리 곽 속에

산호珊瑚처럼
켜졌다가

하야한 생명生命이
쓰러져 허무虛無에의 길

북망北邙이 바로에라
만장輓章이 있을 리가
은빛 안개가
무덤 위에 서린다

생명

으아 소리치고 우는 건
오랜 오랜 소원이리라

이따금 추스리가며 흐느끼니
막힌 하늘이 답답하여서라

눈 딱 감고 뜨지 않음
그만 다 알았다는 시늉이어라

미륵

달밤엔 도깨비가 난다는 성황당城隍堂 느티나무 아래
너는 눈 감아도 이 산山에 만년萬年직이

저녁 하늘 목동牧童의 피리 가락도 새겨 두고
상두꾼의 구슬픈 노래도 외워 뒀다
눈보라 휘몰아치는 날은 소리쳐 울고

무거운 숨 쉬던 가슴 더듬어
파란 촉루髑髏가 독毒버섯을 먹고 취해
허어연 춤을 추는 유현幽玄한 밤이면

머리 위로 꼬마별(燐火)이 자꾸만 사라져
산山도 무덤이 싫어 말이 없다

촛불

가마만한 방안에 다다미 두장이
하늘이요 땅이었다
지친 숨결과 가물아지는 촛불에
부은 손이 굳어져
바늘이 곧장 땅에 떨어진다

밤은 얼어 삼경三更이 넘었는데
어린 해골骸骨을 짚단처럼 뉘여 놓고

밝아 오는 날이 더
아리고 쑤시는 촛불!

산울림

마음 아닌 곳에
뜻 아닌 이름이 노怒여운 날

산山이여 턱 버티우고 앉아
의젓하다

묵묵히 흐르는 순간瞬間에도
새어 오는 아침을 위해선가

이제 나는
미이는 목소리로
다시 조국祖國을 불러 본다

산山이여
나는 너를 믿고 살리라

너를 기다려

살아서도 북망北邙의 한 끝
종이등불 밝히고 외진 산길을 돌아
눈 감으면 서러히 오는 그림자들

영아! 난아!
부르면 무서운 소리 들리는 하늘에
영원永遠히 풍화風化하지 못한 영혼靈魂이 있어

높은 성城 첩첩이 돌문門을 닫고
다시도 열리지 않는 집 안에서
내 백골白骨로 너를 기두리랴

낙화

내 마음 안에
한 가지(枝) 못 피울 꽃이 있어
부엉이 슬피 울고 가는 밤은

그리움에 몸부림쳐도
그대로 그대로 외로워
별도 없는 산(山)길을 호아
아득히 지쳐 고운 꿈이 온다

내 너에게
은밀히 묻노니
간다는 언약 없이
뉘와 더불어 지드란고 ―

호수에 밤이 오기를

그대 눈은 그대로 호수입니다
고요한 달빛도 쉬다 가고
별들이 잠들곤 합니다

그대 마음에 돛을 달아 보십시요
곱게 지우는 무늬를 볼 수 있읍니다

나를 사랑하지 않는다고
부정을 해 보십시요
그 아쉽고도 외로운 그림자가
호수 가에 서 있지 않습니까

당신은 호수에
밤이 오기를 기다리십니까

코스모스

그 가련한 입술에
흰 순정이 젖어

아침 이슬이면
눈물 짓는
먼 먼 언덕 길에

무어라 부를 이름도 없어
가을이 왔다 가을이 간다

리봉

빨간
포도주가
익는 밤

장미 이슬을
먹고 온
정인情人이

하얀 리봉을 매고
나비처럼 취해 잔다

밤의 시

기념수처럼 가꾸어 둘까
그런 날은 없다손
애오라지 뉘우침이야……

서리 찬 밤 하늘
돌아오지 않는 다릿목에
한 자락 꿈을 펴고

눈물도 바이는 행복일레라
그 후미진 산길에
은밀히 피었다 진 꽃의 사연을
누비이불처럼 꾸며 보다

별이 돌아 눕는다

싸늘이 식은 어두운 그늘이
마지막 하나의 소원을 잘라
이제 나에겐 아무것도
아무것도 없노라

고운 이름들아
모두 모두 잘 가거라

이 세상 다한 어느 하늘
사온 사온 내리는 눈발 같은
그 이름은 훗날에도
내 가슴에 비명碑銘으로 새겨 가련다

타다가 사위는 목숨의 밀약
별이 또 하나 돌아 눕는다

너를 지켜

밀림처럼 우거진 밤
황망히 떠나고저운 마음이요

도시 못 잊어운 세월이요
내 너를 지키기 위하여

찬 바람이 몹시 불라치면
맘이요 꿈이요 가리우고

솟는 심장이요 호수에
담수어처럼 기루어 보자요

검은 밤

드디어 무신 인과로
다시 가실 수 없는 업고에

검은 밤 주유侏儒처럼 엎드려
저주의 굴욕을 먹고

이날로 나의 일월은
가마귀처럼 병들었다

미완성

너는 가고
나만 톨로 남았으니

수구瘦軀초야草野에
학 같이 외롭구나

하얗게 뜬 가슴에
한폭 구겨진 그림은
미완성 그대로

꿈길이 북망이라 혼은 우는가
사랑하는 것이 괴롭기따에
나는 너를 미워야겠느냐 —

오후오시

꽃과
벌 나비는
나에게 무연한 것

모든 것이 흩으러진
오후 다섯 시

찌푸린 그림자를 어루만지며
뒷 골목에 앉아
피리를 깎는다

청산에

그대 고운 피부 속에
숨 쉬고 있는 내 영혼을……
어이면 너는 잊고 가면 그뿐

우는 묏새를 날려 보내고
무덤에 엎드려 얼굴을 비비면
넌지시 관을 열고
가슴 더듬어 오는 속삭임!

청산아 보아라
내 마음 골짜기에 켜진 외로움……

박힌 화쌀처럼 갈 곳이 없구나

유구한 강산

비파산琵琶山 허리에
구름이 자고 일어
성상星霜은 산하山河와 더불어
유유悠悠 한限이 없어라

오늘 여기에
찬란한 역사歷史의 수레는
도도한 조류潮流에 실려
눈부시게 흘러 가느니

도란 도란 포도송이 얼기 설기 서리어
우리 마음껏 자유自由를 노래 부르며
새순처럼 살아 날 강산江山이 아니냐

무궁화 꽃잎에 바람이 자면
숨차게 돌아온 비둘기 깃들이고
소소한 비 내리는 저녁 하늘에
우산을 나란이 너도 나도 가야지

눈 감으면 연신
포근 포근한 잠노래 속에
유구悠久한 강산江山이 피리처럼 새겨
가슴이 벅차 마구 눈물이

이제 우리들
무엇을 남기고 가야 하리
의욕意慾이 불타는 곳에
항용 진리眞理는 빛난다

사랑하는 조국祖國이 있어
복福되게 살아야겠고
보담 더 조국祖國을 위해 싸워야겠으니

붉은 피 강산江山을 물들여 임리淋漓하고
거기에는 항시
빛나는 祖國조국이 있어라

청상

정신대挺身隊에 끌려 가는게 무서워서
열 여섯에 시집을 가 열 일곱에는
남편을 대신 징용徵用에 빼앗기고

그이가 영 못 돌아온대도
딴 데루 시집은 가서 안된대면서
두 다리를 뻗고 방천뚝에 앉아
남의 얘기처럼 하다가

넋없이 먼 산山을 바라보고 있더니
서걸픈 마음에 그만 헉하고
스물 하나 난 청상靑孀은
옷고름으로 코를 훑이며
보석寶石보다 빛나는 눈물이 고이었다

혁명

혁명革命은
나이 먹을수록 젊었다
내일來日을 위爲해
오늘은 피를 아꼈다

혁명革命은
쏜 화살이다
끝은 필연코
뚫어야 할 관역이 있었다

의義에 주려 소용돌이치는
미쁜 화랑花郎들
버티운 활줄이
순혈殉血에 젖어 운다

감방 Ⅱ

모두 취醉해 몹시 멀미를 앓아도
갑판甲板 위에 나서서 해풍海風을 쉴수 없다

네모로 뚫린 창窓 구멍으로 아무리 내다 봐야
갈매기도 날지 않고 등대燈臺도 보이지 않는다

때때로 멀리 남십자성南十字星을 바라보고
가는 방향方向을 몰라 슬펐다

그러나 암초暗礁에 부딛칠 위험危險이 전숲혀 없어
하아얀 얼굴들이 곤히 잠이 들었다

감방Ⅳ

분향糞香을 피운 법당法堂에서
이단異端의 스님들 오신 도신 둘러 앉아

누더기담요를 가사袈裟처럼 걸치고
알미늄 뚜껑(식기食器)을 탁발托鉢로
칠작七勺 밥 시래기에 물 한모금 마시고
산山이 그리워 우는 부엉이

목적가락으로 빈 탁발托鉢을
목탁木鐸인양 뚜드린다

석방

법정法廷에서 삼년三年 언도言渡를 받고 돌아서며
헤헤 손톱만치도 안 감해 준다요
방청객傍聽客들을 한바탕 웃기던 사나이랑
판사判事님 내 죄罪가 뭣이락고 했읍니껴
몇번을 되풀이해도 국가보안법위반國家保安法違反을 몰라서
늘 국가보림법죄로 왔다고 하는 사나이랑

검사관檢事官을 당황하게 하던 마흔 둘엔가 난
눈이 커단하고 지극히 어리석해 보이는
할머니 나이도 성도 모른다던 사나이랑 두고

푸른 하늘에 태양太陽이 눈부시는
어느 하루
일곱달 상여금으로 오십원五十圓을 받았다는 사나이와
둘이서 같이 나오며 소년少年처럼 친해졌다

이 돈이 내 노동勞働을 판 피 나는 돈이니께
어데 가서 막걸리나 한잔씩 마시자고 하기에
요즘 쌀 한 말에 삼천사백원三千四百圓이나 한다니까
정말 꿈 같은 소리라고 찌그러진 표정!

그럼 이까진 돈으로는 어럼도 없겠구나
중앙로中央路 어구에서 다시 기약 없는 인사를 나누는
그의 미간에 허전한 그늘이 지나간다

손이고아

각閣은
하루 아침 영문도 모르고
목이 잘리웠다고 한다
산후産後에 부증이 난 아내랑
아홉 권식을 데리고
당장에 끼를 놓았다

달리 결심決心을 새로 한 그는
허리를 발끈 졸아매고
낡은 지까다비(지하족대地下足袋)을 찾아냈다
이른 새벽
사방공사장砂防工事場으로 달려 가서 영치기를 멨다
대번에 어깨가 벗거졌다
악을 쓰고 두 번째 목도를 멜려 할때다

검은 색色안경을 끼고 북도北道 사투리를 쓰는
인상이 그리 놓지 못한 감독監督이 와서
손을 내라고 한다
무슨 이유理由인지두 모르고 쑥 내밀었다
여보시 임자
손이 고아 틀렸쉬다

각閣은 어리둥절했다

감독監督은 서슴치 않고 포키트에서

백원百圓짜리를 꺼내어 각闊에게 주었다

영치기 한번에
하루 품삯을 준다는 건
다시는 오지 말라는 뜻이었다고
각闊은 막걸리 잔을 들고 껄껄걸 웃었다

창

창窓이 있네
산山이 있네
들이 있네

창窓 안에
굽이 굽이
강江이 흐르네

창窓이 있네
바람이 부네
구름이 가네

창窓 안에
별을 보네
달을 보네

창窓이 있네
푸른 하늘이여
창窓안에 만성萬性이 사네

창窓안에
고향故鄕이 있네
집이 있네
내 못 가네

청어장사

어느 산山마을에는 진달래가 피는데
쫓겨 온 눈 바람에 하꼬방 거리는 춥다

청어 비늘이 은철銀鐵 같이 발린 포키트 속에는
항상 목을 놓고 우는 생활生活이 있어
털꺼덕거리는 달구지를 끄을고
눈섭이 흰 할아버지는 새벽마다 목이 쉬었다

까마득히 잊어버린 세월歲月 속에
당신의 청춘靑春은 이끼가 슬었는데
찬 이마 낡은 비석碑石처럼 서서

자아 청애 사소 헗고 맛 존 청애 사고
애기 청애 동자 청애 철철철 피가 나는
이팔 청춘 소년 청애……

폐도

대리석大理石 고운 피부에
탄흔彈痕이 마마처럼 피어
바람이 스치면 가렵고 아프다

초토焦土가 된 도시都市에
저녁 안개가 가라지면
목 마른 개천에서
벌거벗은 촉루髑髏가 울고

화약火藥 냄새 아직도 뜨는
운명運命처럼 솟아 있는 빌딩 끝에
아득히 초생달이
이지러진 조등弔燈인양

소

온순順하다는 것이 죄罪가 되어
항시 네 잔등에는 푸른 채찍이 간다

목동牧童이 내려 오는 호젓한 골짜기
산포도山葡萄 열매에 구름이 머무르면
소는 엄메 고향故鄕을 씹어 본다

무거운 동공瞳孔에
찌그러진 사립문과 외양간이 박혀

어둠을 밀어젖히고 추운 소야
절어 절렁 방울이 운다

버들꽃

버들 꽃 바람을 싫어하는데
바람은 한사 버들을 조라댄다

꾀꼬리 울음을 잊은 가지에
속깃 가벼운 한숨을 하늘 몰래 띄우면

한점 사푼 떠 사라질듯 살아 나
한나절 햇볕 포근히 젖어 꿈도 애리다

춘일

위는 잔디 같이 살아 있어
미닫이를 열면
훨 훨 구름이 날아 가는
푸른 하늘과 봄을 마시보느만

아랫도리는 썩은 고목古木처럼 죽어
먼 시일時日 어느 때를
봄과 더불어 나비를 불러 보누

강江 피리
실버들에 감겨 언덕을 넘는 봄
바알간 날개 물에 젖은 청靑제비야
나는 이렇게 눈만 껌벅 껌벅
날이 길다

.

박꽃

돌담을 끼고 황혼黃昏이 돌아 나간 외딴 오두막
호젓한 박꽃이 종이등 같이 켜지는 저녁

세월歲月은 물처럼 흘러 간다 해서
물처럼 되돌아 올줄 모르고

백발白髮이 들창 밖에서 애기처럼 보채니
수양버들이 한사 싫어라 손을 젓는다

구름이 양羊떼 같이 내려 오는 잔디밭에
내 토끼처럼 누워서 잠을 자고

꽃잎이 지는 호수湖水에
어족魚族처럼 쉬다가 가려오

석상의 노래

모색暮色이 흐른 낭떨어지에
우러러 목이 메인 석상石像
가마귀에 쫓기어 구멍이 뚫린 가슴
동상凍傷한 구름이 스쳐 가고 오고

외로운 목숨들이
검은 그림자를 밟고
피비린내 나는 뒤 거리에
음모陰謀와 죄악罪惡이 젖어 흐른다

견디고 참아
굳어가는 연륜年輪에
회오悔悟의 눈물이
수액樹液처럼 스며들어

바람을 등지고
눈이 쏟아지는데
싸늘은 이마에서
식은 땀이 미어져 나온다

한오리 어둠이 걷히고
먼 산이 닥아 오면
맑은 새 울음과 같이 서서
나는 목이 트이는 석상石像

184 이설주

숙명

내 가슴에
고목枯木이 하나 서 있다

바람이 불면
피비린 바람이 불면
찢어진 백기白旗를 수의囚衣처럼 걸어 놓고

조골助骨을 밟고 무너진 성城에 버티어
표표漂漂히 운락殞落하는 촉루髑髏와
세기世紀의 추추啾啾를 오열嗚咽하여

저주咀呪하는 하늘을 우러러
나는 손을 든다

복조리

삶의 각박刻迫한 채찍으로
저버린 보람이
앙상한 등골에 마목처럼 박혀
행복幸福 같은 것은 다
뚫어진 호주머니에서 흘러 나가고

부채負債는 정작 무거워서
허리를 가누지 못해
복조리를 한짐 지고 나서니
오십五十 인생人生이 이렇듯

쩡 쩡 밤은 얼어 빙氷판 같이 우는데
흩날리는 반백頒白에
서리가 내린다.

송년

그저 서운한 마음
겹겹이 쌓이는 밤
한 가람 슬픈 연륜年輪이 젖는다

묵은 가슴앓이에 손을 대어
그래도 뜨거운 눈물이 못 믿어워
검은 화환花環을 두자

이 불모不毛의 풍토風土에서 심연深淵을 내리다보면
낙태落胎한 육체肉体들이 부유浮游한다

내일來日이 있음을 아는 나는
내일來日에의 소망을 몰라
무엇을 믿어야 하느냐

버림을 받은 나의 별이
어느 두메 골짜기에
푸른 무덤을 지키는고 ─

범

전신全身 황금黃金 반점斑點은
숙세宿世 밀림密林과 싸운
수난受難의 표적인 양

영원永遠한 초원草原이 명도冥途 같이 멀어
포효咆哮는 칠수七首를 에이고
영맹獰猛은 짐짓 자랑이 아니라
우러러 풍운風雲을 부르면
산맥山脈을 타고 솟는 태양太陽

진실로 의욕意慾의 족속族屬들
그 부단不斷의 항거抗拒는
마침내 강인强靭한 영위營爲

우웅……
앞 발 도사리고 모골毛骨이 떨면
하늘에 굽이쳐 우는 반향反響 ―

피난민

오늘도 또
남이네 엄마가
어린애를 낳아서 버렸다 한다

온통 부증이 난 젊은 오매는
강변에 그대로 지쳐 누워
하얀 돌이 떡 같이 보인다 한다

이젠 풀뿌리도 영 없어진 그들은
바람이라도 아껴 마셔야 하고
흙이라도 긁어 먹겠다면서
두고 온 서숙 되가 눈에 선하단다

복동이네 오마니도
걸 물을 한 바가지 떠다 놓고
내일來日을 태산泰山 같이 믿는다 한다

밤이면 모두들 하늘을 우러러
푸른 별을 헤어 보며
고향故鄕에 갈 날을 점占친나 한나

올벼는 하마 걷우어 들이겠는데
뒤안에 감낡에도 감이 익었으랴만

주렁 주렁 호박이랑 고추 마늘도
소 닭 돼지는 순이야 철이야

자장노래에 울던 애기가 잠이 들면
강교 넘어 언덕 넘어 고향길 위를
구름이 꽃등처럼 흔들려 간다

영어 I

동서남북東西南北 상하건곤上下乾坤이
네 귀로 절絶한 사호감방四號監房
학鶴 같이 여윈 죄인罪人들

높이 모로 뚫린 유리창으로
푸른 하늘을 쏘아 보면
구름이 기폭旗幅처럼 흘러 갔다

오! 눈물로 피운
가슴 아픈 꽃을
가벼운 날개 속에 받들고
봄 삼월三月 청靑제비 같이 날고파라

장님

거리마다 이렇게들 양과자洋菓子 사태沙汰가 져도
너는 도무지 슬프지 안해서 좋더라

주정酒酊뱅이가 따발총을 막 쏘아대두
너무 태연泰然해서 오히려 두려웁더라

나는 어엿하게 고향엘 못 가는데
너는 지팡이 하나로 족하구나

실상은 네가 뭐 부러우랴만
눈이 띄어 모두가 욕되더라

분하고 원통하면 나는 그만 운단다
그래 너도 울면 눈물이 나나 ─

192 이설주

여수

사랑하기 때문에 죄罪가 된 그는
몸에 푸른 수의囚衣가 한결 애띄다

구랭이를 감은 팔뚝에 사슬을 채우고
뒤쳐놓은 얼굴에도 눈은 보석寶石 같이 빛났다

열 셋 피고被告가 가즈런히 들어 서자
방청석傍聽席 한 구석에서
처절悽絕한 소리가 법정法廷 안을 찢었다

할머니 엄마 조기 있어 엄마다
엄마다 엄마다 엄마 엄마

젊은 여수女囚 한 사람이 고개를 든다
백랍白蠟 같은 뺨이 너무 고았다

지극至極히 사랑했기에
참회의 눈물이 없다
오히려 미소微笑를 뛰운 얼굴이
무서운 언도言渡가 내리어도
아무런 동요動搖도 피로疲勞도 없이
조용히 옥문獄門을 향向해 섰다

광인

네 죄명罪名이 다못 무엇이어서
너무나 참혹慘酷한 형벌刑罰이 아니냐

그렇게도 그리웁던 조국祖國의 이름을
이제는 까맣게 잊어버리고
너무 너무 무서워서 그만 자꾸
웃기만 하는구나

넋은 어디로 귀양 가고
희미한 망막에 푸른 하늘이 전지戰地 같애
이따금 손을 들어 경례敬禮를 올리면

구름 저편 고향 길에 저녁 놀이 타는데
뒷 거리 쓰레기 통에서
네 배 고푼 청춘靑春이

고궁

풀 한포기 없는 저 주추돌 자리는
옛 날에는 다 무엇이던고―
구름에 얼룩 진 학鶴의 날개
그대로 낭자한 숲에
빈 시간時間이 와 쌓이는 한 참

구두닦이 아이가 고양이처럼 자는 통명전通明殿 앞
청동향로靑銅香爐 옆에 앉아 담배를 붙이니
철조망鐵條網이 더는 못 가게 막는다

오랜 빛갈을 쪼아 먹고 늙은
새들의 꿈이 파랗게 이끼가 슬은 고궁古宮
아름다운 것이 다 가버린 뜰에
유전流轉의 바람이 물결인양
꽃잎이 기어 간다

토막

제비 한쌍 봄 한철 살고 간 꿈이
묵은 추녀 끝에 고스란히 걸려 있다

여기 용두방천龍頭防川 풀뿌리 거센 황무지荒蕪地
하늘을 덮은 고목古木이 서 있는 밑에
허수아비 같은 사나이 살아 있어
긴 긴 날을 개미 같이 노동勞働을 했다

흙 한줌 놓고 돌 하나 쌓고
몇날을 못먹었기 얼굴은 유지油紙처럼 저렸다

저리다가는 앞 날이 상기도 몇 해를 가야
토막土幕은 이룩해질는지!
그래도 번데기 같이 들어 앉을 내 집이라
흙 한줌 놓고 돌 하나 쌓고 ─

초가삼간

목이 마른 강토
서러웠던 하늘
밤에는 별 아래 이슬과 눕고
아침이면 찬 서리 맞기 싫어

수숫대도 줏고
짚단도 품을 팔아
홍수洪水면 막대나무 날라
영영쓸쓸한 쌓음이 삼년三年 한 해

감이 불그스럼 물들던 날
지아비는 토벽土壁을 쌓고
아내는 새끼 꼬고
아들은 삽질하여

감나무 잎이 뚝 뚝 지는 아침
보랏빛 연기에 서리는 구수한 보리밥내
북실이란 놈두 언제 한몫 끼어
이 집 식구도 벌어졌더라

안대

아주 가리우고 살자니 그래도
이런 세상世上에
미련未練이 있어 답답할 것인가

욕辱된 눈이 남아
살인殺人 패륜悖倫 음모陰謀와 폭력暴力이
상어傷魚 같이 거슬리고

닫은 눈에는 오히려
사랑이 믿음이
인정人情이 눈물이
구석 구석이 스며 꽃 같이 젖어라

아주 딱 가리우고 살자 해도
그래도 약간은 미련이 있을라
반만 가리우고 살자!

은원恩怨의 언덕을 넘어가고
넘어 오는 그림자들……

198 이설주

눈물

고운 밤 속에 누워
당신을 별을 잉태孕胎합니다

밤과 함께 꿈을 먹고
당신은 취해서 아픕니다

나비처럼 눈을 감았읍니다
당신은 소롯이 꽃 진 자리에

그예 호수가 저물어 당신은
은실 같은 비가 내립니다

유리항아리에 갇운 꿈

아무래도 내가 이렇게 허전한 것은
어느 골짜기에 별이 죽어가는가보다

밤마다 엮는 꿈을 다독거려
유리항아리에 넣어 둔다
슬프고 외롭구 그리웁고 아쉬운

유리항아리 안에서 꿈들이
칠색七色빛 고운 무지개로 발효醱酵한다

산소기구酸素氣球 같이
공중空中에 떠 간다
나 혼자 남았다

여승암

청춘靑春은 한갓
꿈인양 하고
먼 먼 뒤안 길에서

행복幸福이 다시 없는 죄罪로 알고
꽃 없이 모여 사는
이 낙막한 뜰악에

참 어처구니도 없이
저렇게 고운 꽃들이 피어 있네

산길

나 혼잣 길이 좋아라
외로우면 외로운대로 좋아라
내 여기에 길을 잃어도 좋아라
지팡이도 나를 따르는 것은 싫어라
돌맹이 같이 구을러 가는 것이 좋아라

양산가도

락뢰落雷에 반신불수半身不隨가 된 감나무 밑에서
귀머거리 할머니가 물레를 놓고
지구地球를 한번 거꾸로 돌려봤으면 싶어하고

돌담모롱이에 비뚜러진 호박이
가슴을 앓고 액사縊死했다

하늘이 백치白痴같이 웃는데
서글픈 광인狂人하나
양산가도梁山街道로 굽어 든다
세월歲月을 아무렇게나 가거라

통도사에서

물이 좋아 아깝다
수인아!
내가 와서 세수를 했으면
분이 잘 오르겠구나

바위에 새긴
숱한 이름 가운데
네 이름을 찾으니
산새모양 숨어서 없더라

어촌

해조海潮에 취한 갈매기
낙화洛花 편片 편片

수맥水脈과 천맥天脈을 이은
그 막막한 회귀로回歸路

소소蕭蕭히 흩어지는 비에
여원 뱃길 무너지는 하늘 아래
이득히 저물어가는 목숨들

여기는 갈매기도 배가 고픈 데(處)
화톳 불에
저린 유방乳房이 익는다

등대

회화會話가 끝난 하늘에
별이 앓고 갔다

삭막한 공간空間을
밤이 돌아 눕는다

등댓불이 그리움을 켜고
이 낙락한 변두리에 서서

저버리지 못할 믿음으로하여
해풍海風에 낡아가는 목숨을 지킨다

오월

오월五月 꽃 바람에
스무산 별이 지네

여윈 날개를
나비처럼 곱게 접고

피고 이우는 구름
사랑도 그리움도 없어

훌훌이 사양斜陽에 서니
먼 하늘이 곱다

환상

무덤 위에서
흰 달이
운명殞命을 한다

내 허리를 타고
태산泰山 준령峻嶺 인양 넘어 오라

목이 마르면
내 가슴에 샘을 파라

피를 마시고
피를 마시고 취하거든
네 고운 백골白骨이
나와 더불어 누워라

할미꽃

비밀을 지니고 봄을 여읜
어느 미망인의 넋이리야

서른 의상이 일월을 배반
부엉이 울고 간 무덤에
머리 풀어

일모에 기운 하늘을 붙들고
무슨 애절한 소원이랴

일윤국

한포기 국화꽃이다
하얀 하얀 꽃이다
꽃이 아니라
눈송이다

아득히 스미는 차거운 향기 속에
눈이 기도처럼 내린다
소녀少女가 눈을 밟고 와서
십자가十字架를 세운다

소녀少女의 맑은 눈에는
하얀 참회의 눈물이 고인다

하얀 하얀 눈 위에
소복이 쌓이는 기도!

화병

끝내 임의 하늘을 향해
목이 마른 화병花瓶

고독孤獨을 자랑삼아 네 앞에 앉으면
어느 두메 보람 없이 늙은
이름 없는 산열매도
가슴을 찢고 하나씩 돋아 나는 애띤 별

동백杉栢 국화菊花꽃이 겨워
함초롬 아쉬움에 젖었는데
그 귀한 손길이 왔다 간 꽃 그늘

고운 세월歲月이
너를 감고 흘러 가는
이 무량無量한 언저리에

꽃잎파리
하나도 아깝다 지지마라

수요일

내 마음의 고향에 돌아와도
소조한 강변에는 바람 소리 뿐

행복이 외려 두려워서 미운 사람아
이 세상 어디에서
내 대신
곱게 이루어질 사랑

무한한 시간과 공간을
무엇으로 매꾸랴
고독이 사치스러워 벌을 받은 나

낙백의 군상

주림이 잔등을 타고 와
기구한 목숨을 부둥켜 안고
참 억울하다

끝내 오지 않을 것을 기다려
무엇이구 다 없어지고
모가지만 남아 있는
낙백落魄의 군상群像들

목 매(縊)는 것을
자리 숭늉 그릇 같이
머리맡에 미루어 두는 것이다

창부의 노래

푸른 하늘 언더 냉이를 캐던
구름이 피고 지면 고향이 잔다
칡넝쿨 솔껍지도 메마른 고향
금잔디에 봄이 왔다 갔다

물레방아도 짐승처럼 나동그라지고
종다리도 거짓 지껄이고
바람도 않는 소리를……

소 팔아 오는 재 넘에서
순이네 아버지도 죽었다

'절량농가라지만
굶어 죽은 사람은 못봤다' 더라만

그래 이렇게 산단다
잘도 산단다
피도 안 나는 살을 베어
밀가루와 바꾼다

토굴

버림 받은 목숨이 산산히 부서져
어느 두메 골짜기에
떨어져 나간 운석隕石

달 빛이 식어
피를 토吐해도
컴컴한 흙 바닥에는
믿어야할 무엇이 있단말이냐

꽃 한 포기도 이야기도 없고
죽음은 척척尺尺에
철로鐵路를 베고 있어

파리한 목숨들
사는 날까지 사는 것이다

민주주의民主主義가
풍화風化하는 절정絕頂

움막

들찔레가 피었어도
꽃이라 이름 지울 수 없는
새벽이 없는 언덕에
어디서 뻐꾹새가 운다

등藤 뿌리를 먹고 죽었대두
그래도 지옥地獄의 문門 앞에서
독毒버섯이라도 우선 먹고싶었다

동공瞳孔이 흐미해 가서

모든 기억記憶을 잃어버린 그들은
호소呼訴나 통곡痛哭 같은 것으로
체중體重이 더 이상 겨벼워질 리 없다

어둠이 화살처럼 모가지를 휘감으면
하늘도 못 믿어 외면外面하고 돌아 선
이 움막 촌村은 모두 묘지墓地가 되어 버린다

들찔레가 피었어도
꽃이라 이름 지울 수 없는
새벽이 없는 언덕에—

216 이설주

양로원

관절關節이 굳어
지팡이도 말을 안 듣는 손이

가려운 데도
간지러운 데도
마비痲痹된 육체肉體를
산山 마루 같이 기어 오른다

늘 밑이 젖어
지린 내 구린 내가
맵싸하게 풍기는데

비라도 오는 날은
서로들 제 손등에
저승꽃이 덜 피었다고

폐허廢墟에 핀 꽃이라
인생人生을 하직下直하는
마지막으로 부르고 가는……
거적으로 바람벽을 가리운 조그만 뜰악은
눈 속에 저물고—

자살미수자

젊은 아내와
자식子息 둘을 차례 차례로
목을 눌러 죽이고

독감毒感이 들어 새근거리는
세 살짜리 막내딸의 얼굴을
뚫어지라 들여다 보는
눈에서 피가 쏟아진다

시체屍體를 지고 가야 할
지개도 이젠 소용 없게 된 것을
마음 속으로 단단이 다짐하고

삼동三冬에 얼고 잔 가족家族이 불쌍해서
부엌에다 넣고 습기濕氣를 걷운 뒤에
마지막 남은 목숨을 잘랐다

호박 잎파리를 태와 모운 댓진이
마른 창자를 찢고 틀어오른다
……다 죽고 나만 살았구나
얼마든지 오너라
이눔의 비야
몇 해라도 올려문 오려므나

218 이설주

귀향

무수한 인종忍從이 강하江河처럼 흘러
울어도 하늘이 멀어 슬픈 학두루미
파리한 가슴에
은근히 피리를 지녀 본다

운수雲水 표박漂泊이 무위無爲의 회한悔恨으로
외딴 주막酒幕에 한 잔 술을 따르고
호사스런 망향望鄕이 외려 죽음을 씹는다

네 품에서 살고 죽기가 소원이라
오만傲慢도 이젠 피로疲勞하여
조용히 묻히고서
다시 또 한번 온다는 기약期約이 없구나

지는 꽃은 제 스스로의 보람에 좇고
섧게 살다 간 표적이
동그만 무덤 하나

내 너를 그릇 사랑하여
어언 반백頒白의 고개에 작지를 짚고
쇠잔衰殘한 마음 위에 비가 내린다

악수

낫을 가지고 풀을 베던
갈꾸리로 솔까리를 긁던
손도 아니었다

채찍으로 지성知性을 학살虐殺한
그런 손은 더욱 아니었다

노을 비긴 사양斜陽
저문 언덕에 서면
원수라도 한번 툭 툭
등을 처 줘 봅시다

이제 우리

안경도 차차 더 어두어지는
서글픈 인생人生이 아니겠소

서로 주름이 잡히고
식어가는 손으로
악수握手라도 합시다

폐허

황혼黃昏이 공 공 앓고
핏덩이 같은 태양太陽이 떨어진다

흐르지 않는 강江이
병病든 고래 같이 누워
그저 그저 눈물이……

마른 창자가
서리에는 젖지 않는다

이 절絕한 폐허廢墟에
폭풍暴風이라도 한번 때려라

낙엽 I

애달픈 청춘靑春에
피로疲勞를 느끼고

신음呻吟하는 순정純情이
주검이 붕괴崩壞하는 절정絶頂에서
계절季節의 붕대繃帶를 찢는다

인생人生의 저문 길에 흩어지는
허무虛無와 회의懷疑의 잔해殘骸!

칠월

칠월七月이 온다
해바라기와 같이 뜨거운 사랑을 안고
칠월七月이 온다

영원永遠을 달래는 청춘靑春이 얼마나 알뜰하기에
찢어지는 가슴에 타오르는 불꽃을
마약痲藥인양 마시고 광인狂人이 되라

소나기처럼 쏟아지는 화살을 맞고도
뒤돌아 설줄 모르는 해바라기
너 정열情熱의 화신化身 나의 사랑이여!

무제

추억追憶은
청춘青春에의 향수鄕愁

세월歲月이 엮는 꿈을
푸른 연륜年輪이 둘러

너와 나 고운 노래를
보석寶石처럼 박아 놓고

저무는 하늘을
멀리 구름이 피는 언덕

224 이설주

망각

항시 비인 자리에
너는 있고
너는 없다

목숨을 사위는
종鐘 소리가
비에 젖어 비에 젖어

술 대신
피를 따라

전전輾轉
망각忘却의 꽃 그늘

조롱

한 방울의 이슬도
그림자도 없는 공백空白을……

안개가 걷히면 떠나야 할 숙명宿命의 길
눈시울에 고이는 봄을
나도 모르게 울던 흔적痕跡!

새야 날아라 하늘 높이 날아라
네 울음이 꽃 피는 새야
피로 피로 젖은 새야

빈 새장은 닫힌 창窓 가에
꽃등처럼 달아 두마

통근열차

이동移動하는 감방監房
하물荷物에 이목구비耳目口鼻가 있다

열리지 않는 창窓이
절벽絶壁을 향向해 섰다

별도 볼 수 없는 나락奈落에서
질식窒息하는 자유수인自由囚人들

십원拾圓짜리 엿가락만한 촛불이
가물 가물 살았다는 증거다

차라리 화물貨物로 취급取扱해 다고
내 몸은 육십오천六十五瓲다

코피리 부는 아이

이 생사生死의 지옥地獄에서
광명光明을 볼 수 없는
이제 눈물은 고스란히 소용이 없다

죽었다 깨나는 명동明洞
제대로는 살 수 없는 거리
통곡痛哭으로 다스리지 못하는
인간人間들의 망명조계亡命租界

육월六月인대도 거센 바람이 불고
진눈깨비가 휘몰아치는 가운데서
피리소리는 진땀을 흘리고 가락을 부린다

그 흙이 묻은 옷자락은
어느 두메에서 농토農土를 버리고 왔나

입으로는
한모금 찬물도 만만치 못했거늘
어찌 피린들……

아! 그래서
피리도 코로 부는가
코피리

설경

상포喪布 이불을 덮고 외나무다리는
이가 빠진 할머니가 앓고 누웠다

주검이 춤을 추는 것이 무서워서
물을 들여다 보기는 싫었다

등 넘어 오는 솔까리 짐이 끊어지고
오늘 아침엔 까치가 와서 문안問安을 드린다

낙엽을 밟고

산山 바람에 굴러 오는
낙엽落葉을 밟고 서면
나는 한개 깃대로다

이미 기폭은 낡아 떨어지고
호호皓皓히 늙은 백척간두百尺竿頭
모가지가 붙어 있다

두 팔을 벌리고 도사리면
푸른 하늘이 그리워
서러운 학이여!

발을 모두어 몸부림치는
날개 찢어진 학이
청산靑山을 버리고 외로 앉아

언젠가는 한번 길게 추스리고
한가락 피울음을 뽑아
태양太陽의 주변周邊을 날아보련

갈대

네가 있는 것을 나는 몰랐다
바람이 헤살을 부려서
비로소 울었구나

어느 山 기슭 외딴 주막酒幕에서
쓴 술에 취해 잠이 깬
허술한 나그네의 한숨 같은

두메 친정 오라비로
서낭당 모퉁이에
비에 젖은 목소리 같은

찬 기러가 강江물 따라
끼르륵 아픈 하늘……

거기에 있었다는 것을 몰랐다
이지러져 가는 모두의 설움이 모여서
서걱이는 슬픈 울음 소리던가

소년

운명運命은 속절없는 것이라 말하지 말자
허허虛虛한 하늘에 보내는
선언宣言!

천년千年 흐르는 바위에 피가 돌아
검은 이끼로 피어도
창파滄波에 부서지는
끝내 한오라기 짚인 것을

물 위에 밤이 흐르 듯이
소년少年의 신음呻吟 소리가
어느 기항지寄港地에서
울고 간 기적汽笛 소리……

어제는 아랑곳 없다
내일來日을 몰라도 좋다

오늘을 있게 하는
증언證言을 하라

호적이 없는 시인

그는
지자知者인 무지無知도 아니었다
무지無知를 아는 지자知者도 아니었다

보람 있는 단 하루를 위하여
적은 굴욕屈辱을 참아도 부끄럽지 않다고 생각한다
때로
겸손謙遜은 미덕美德이 아니라 오히려
교만驕慢이 아닌가 하고 회의懷疑를 해보는 일도 있다

그러나
시詩 한편을
뇌물賂物과 붙여 주는 여려운 정치政治라든지
아부阿附와 바꾸는 상행위商行爲 같은 것을 싫어한다

죽고 사는 것을
대수롭게 여기지 않는 거와 마찬가지로
── 영토領土와
호적戶籍이 없는 것을
슬퍼 한 적은 한번도 없었다

봄이 없어도 좋았다
마음 내키면 아무데도 떠나는 고
그는 천애무숙天涯無宿인지라

시와 명동

가뜩이나 굶은 창자에 곰탕을 한그릇 먹었으니
사지四肢가 척 늘어져 오히려 현기증이 날밖에
잠시 진정해서 담배라도 한모금 안태우고는
아무리 손님이 밀려 와도 금방 일어날순 없다

시詩도 천千환에서 오천五千환까지 거래가 되니 인전 상품商品이다
되도록이면 나쁜 물건을 만들어서 비싸게 팔려는데
좋은 상품商品을 만들려고 애쓰는 장사는 시인詩人뿐이다
아주 헐값을 받으면서도 심혈心血을 기우린다

그래 날마다 와서 한끼 곰탕만 먹고 가는 나를 몰라서
저손님 식사 드렸느냐……고 짜증을 부린단 말이냐
자리가 없으니 차라리 어서 나가라는 트집인가?

그렇다 세상世上에는 모두가 나쁜 놈인데 유독
너만이 착하고 선하라는 법이 있을 수 있나
악을 쓰고 발길로 한번 걷어차버리면 싶다만도
배가 불러서 오히려 현기증이 난다
이 시詩보다 더 귀한 뭣이 있었다면
나는 또 그놈을 가려 했을 것이다
그래도
더 가는 놈이 없기따에 시를 쓰면서 운다

총알 하나
—김주열 군金列君에게

녹두綠豆만 총알 하나면 족足하지
적敵도 원수怨讎도 아닌 네 죄罪가 무엇이기에
이 무슨 못한 참혹慘酷한 형벌刑罰인고!

눈에 박은 그 몹쓸 잔인殘忍한 죄罪의 씨
독毒가스는 전쟁戰爭에도 금禁했거늘……

너머지면 물러나는 것은
총알이 무섭고
목숨이 아까와서가 아니란다
뒤를 따르는 형제兄弟들을 아껴
쓰러지는 피를 두려워함에서
그렇게 동족同族을 사랑하기 때문이리라

총을 쏜 자者를 증언證言하라
시체屍體를 바다에 던진 악인惡人은 누구던고ㅡ
'꽃잎처럼 떨어져간 전우戰友야 잘자거라'
얼마나 겨레를 사랑하는 뜨거운 노래가 아닌가?

한번만 방아쇠를 멈추고
저 생명生命의 노래를 들어보라
그들이 대신 가는 것이다

조국祖國을 위태危殆롭게 하는자者 죄罪를 받을진저
마땅히 어린 학생學生들이 아니라
총을 쏜자者 바로 너를 고발告發한다

꽃잎처럼 떨어져간 김군金君아 잘자거라!

—사월 십삼일.—

사월 낙화
—순국학생영령殉國學生英靈들에게

—빼앗긴 영토領土에서
굶주린 자유自由와 더불어
조국祖國의 이름도 피에 젖었더라

참아 눈 못 감아
찢어진 기폭旗幅이 피바람에 나부끼는
싸늘히 잃은 땅 위에
장壯하다
목숨을 씨로 뿌린 젊은 학도學徒들!

성상星霜은 끝내 저버리지 않아서
이제 썩은 하늘이 열리어
질식窒息했던 숨을 모아
채 피지도 못한 꽃들이
다시 생명生命의 등燈불을 켜고
민주소생民主蘇生의 사월四月 하늘에
자랑스러운 꽃망오리 함박으로 맺아 터지는
싱싱히도 불타오르는
저기 푸른 조국祖國을 보아라!

자국 자국 보람은 무늬져

이렇듯 더 고어졌네라

조국祖國의 강산江山이 무덤이—

—사월 · 이십칠일.

일요일
—태릉에서

락뢰落雷에 먹힌 향나무 끝에
구름이 흘러가다가 떨어졌다
갈꽃을 스쳐 오는 바람이
가슴에 와서 운다

굴다리를 굴러오는 차바퀴처럼
혈관血管을 달리는 이 무서운 그림자!

한오리 외로움을 씻을 수 없으면
눈물도 나지 말아
울고 싶거던 차라리
미소微笑나 지어 보자

무덤이 끝내 여숙旅宿인양
안타까이 불러도 메아리도 없을 정적

잔디 위에 통나무처럼 쓰러지니
가야 할 길이 남았더라

연기

허무虛無에의 응시凝示!

소멸消滅이 아니라
가는 곳이 없다

다만 돌아오는
약속約束이 없을뿐

시공時空을 초연超然히
한 줄기 강江물

무한 흐름 아래
수유須臾 부생浮生이
아 머무른 일순一瞬!

분수 I

오히려 울고프도록 그리워
아낌 없이 부서지기 위하여
저렇듯 갈망渴望에로 치솟나보다

사랑은 사치스러운 것인가 —
기도祈禱보다 뜨거운 입술로
아침 세례洗禮를 해 다고

목 마른 영혼靈魂으로 하여
이제 더는
불을 마시게 하지 말아

세월歲月은 있고 너는 간다
흑의黑衣를 감고 분수噴水 가에 조용히 앉아
임종臨終을 장식裝飾하는 절정絕頂에서
분수噴水는
서약誓約을 저버린 날개를 편다

괴목화

무엇 때문에 그랬는지
암노루가 밤새 울다 간
아침 절 마당에
괴화槐花가 하얗게 깔렸다

그 심상치 않았던 울음소리가
꽃도 심히 앓았던가

노루가 마음이 놓이지 않아
참아 밟기엔 애연한 생각이 들었다

꽃을 쓸어모우는 손이 이만치 늙었구나
날더러 더는
늙지 말라고 하던 사람아!

바가지

젊었을 시절時節에는
돌담을 끼고
달빛에 젖은 지붕 위에서
별을 헨 적도 있었느니라

야간夜間 열차列車에
고달픈 몸을 실으면
한 때는 이민移民의 유물遺物이었다

눈오는 밤은
화촉동방華燭洞房에
밤 대추도 가져 갔건만

이른 아침 거리샘에서
싸우는 아낙네들의 핀잔도 듣고

실직失職한 친구들이
곤드레 만드레가 되어 들어오면

토굴土窟 같은 부엌에서
성화를 받아야 한다

초설

—동사자凍死者

저 암흑暗黑에 쌓인 망홀에
독초毒草가 무성茂盛하다

꽃을
꽃으로 볼 수 없는 진통陣痛

삶을 거부했기 때문에
죽음도 또한
거부해야 한다

벌레 소리 같은 안전安全을 고우고
초라한 목숨의 등불이 꺼지다
무엇이 달라졌나……

혁명革命은 묵은 헛간에
녹슨 농구農具처럼 봄을 기다리고
초근목피草根木皮도 멀어서 지레 가는가
시체屍體라도 곱게 곱게 덮어라

물방아

굴屈하기 싫어서다
한번 콩 기침을 뱉고는
피를 쏟아 놓는다

메아리는 나무꾼처럼
언덕을 넘어 가고
어둠 속에 혼자 남아 있으면

어디에다 마음을 기댈꼬
산山에는 얼룩이 진다

앞섶에 말린 시공時空을
호소하고 싶은 하늘인데
목이 잠겨
피를 토吐한다

세월歲月이 흘리고 간 황토黃土 벌에
슬픔은
저녁 종소리처럼 퍼지고 ―

생일

능라면의綾羅綿衣가 없어도
타는 놀이 더 고운 까닭에

오늘은
신나물 국으로 족足하려 합니다

꿈과 세월歲月을
아롱 아롱 눈물로 엮어

촛불은
눈길로 밝히자오

내 자랑으로 의젓하고
부럽지 않음은

하늘이 다하여
보다 값진 것이 있어

매서운 바람이 치는 채찍도
축복祝福의 노래로

영혼과 영혼으로 하여
조용히 기도를 올립시다

246 이설주

삼월의 사연

당신의 체온體溫을 느끼며
팔을 베고 누웠소

먼지가 뽀얗게 쌓인 방은
계절季節이 떠나간 과원果園이오

창窓을 열면 산山인데두
보지 않으려오
별도 보지 않으런다
창窓 밖에서 속삭이다 가라

고향故鄕은 잃어도
아무 뉘우칠 것 없소
슬픔이 서렸길래
더욱 고운 사람아!

못 견디게 아파 오는 외로움을
따스한 편지처럼 접어 띄우오

모란

나그네처럼⋯⋯

잠시 비워 둔 자리에
돌아온 모란은

구름 밖에
놀이 터졌는데
잊혀 가는 이름들이
기억記憶에 안 남아

눈짓 쉬어서서 가라지만
약속은
고궁古宮 청기와에 이끼가 슬고

그동안 밀렸던 대화對話가
꽃 그늘에 앉아서

아롱진 사연들은
저만치 풀밭에 놓고 ―

국화

인왕산仁旺山에 단풍丹楓이 온통 수선을 떠는데
국화菊花도 화장을 하고 창窓을 연다

간 밤엔 쪽을 하고 있더니
오늘 아침엔 파마를 했다

건너 마을 가스내들이
빨간 치마를 시새와 자랑하길래
순아는 노랑 저고리에
보라색 치마를 받쳐 입었다

이제까지는 아무렇지도 않았던 인생人生이
왜 이리도 대견한지

매무시론
참과 거짓을 분간할 수가 없어
창에 기대고 앉는다
확확 지피는 불꽃을 밝고
가두어 둔 오열嗚咽이 들린다.

아까시아 꽃길 I

아까시아 꽃수술이
주렴을 친
자하문紫霞門 고갯 길

먼 하늘과 잇닿은
아쉬운 인연因緣이라
저렇게
구름은 가는데—

목마른 사슴인양
너는 쉬이 가고
그리움만이 곱게 남아

주렴을 걷으면
치마를 갈아 입는……
아까시아 꽃 길!

구름은
저렇게 가는데
산비둘기가 운다

대관령

대관령大關嶺 마루턱에
향을 돋우고
천년千年 망두석望頭石을 ―

잃은 것은 없는데
가난한 기약이라
홀홀이 노을에 젖어

마음의 나루에서
사공沙工을 부른다

네 사모思慕의
여백餘白은
죄罪의 홍수洪水

하늘을 갈라 놓은
대관령大關嶺 높은 고개
구름도 슬픈 여울

굽이친 그리움은
피보다 뜨거운
학鶴의 울음!

망각의 변두리

인연因緣은 잠깐
일력日曆에 머무렀다 가고

고독孤獨을 형벌刑罰인양
스산한 바람 이는
망각忘却의 변두리

시름도
오만가지 사연도
아쉬운 마음 헤프지 않게

사랑은 거듭
먼 데 있었는가 ─

내 진작은
왜 몰랐던고

주는 것으로만
행복한 사랑이라 셈쳐도

가슴 아플 때
메아리처럼 돌아와야지!

춘설

유리창에 와서
나비 같이 기어 붙었다가

이내
죽어 버리는 구나

고운
넋은
오월五月이 되면

아까시아 꽃으로
되돌아 오리!

대인 I

미진未盡한 입술이라도
한 하늘을 숨 쉬기에

고운 밤아
신부新婦처럼 성장盛裝하자

비밀秘密이야 너도 꽃 피는 것
눈물에 목숨도 헐었노라

형벌刑罰처럼 무거운 거리距離에서
슬픈 인연因緣이 되지 않기를—

당신은 나의 메아리

춘수

귀촉도 숨은 울음에
잠을 지친 간밤의 사슴인가

양羊 떼와 같이 흐르다가
산山 허리에 걸린 구름장!

비에 젖은 한그루 꽃나무라
산사山寺 고요히 저무는 뜰악에
조촐히 핀 흰 목련木蓮일까

청자青磁 항아리에 고여 넘는
그윽한 향기……

첩첩이 간직해 둔
알뜰한 사연!

백마강

낙화암落花岩 천년千年을 등지고
백마白馬는 유유幽幽히 잠들었나

우리는 하늘이 없는 나그네
향수鄕愁도 표표飄飄히 지는 낙화落花인가

암두岩頭에 세운
크고 작은 두개의 묘표墓標

다시는 돌아오지 않으려나
슬프고도 고요한 백마白馬여!

북망 한자락에
—누이에게

눈을 감으면 저녁놀 갈앉는
그 숱한 무덤이 누워 있는 공동묘지共同墓地에
유독 네 무덤만 환하다

극락極樂과 지옥地獄이 따로 있으랴
죽기를 원願하는 서글픈 세상世上!
한번 잠들면 모두 다 잊고 가는 것을—

그러나
아직 나이가 아까운가
만장輓章도 가기 싫어 돌아서는데

물 소리 새 소리도 들리지 않겠구나
이 황토黃土 비릉에 이따금
생각 난듯이 할미꽃이 피다 지리라

누이야 외롭다 설워말아
저 먼 산山에 오는 푸른 봄과
유유히 흐르는 낙동강洛東江 줄기를 바라보며 살아라

한톨 씨앗도 없이 불쌍한
천애고혼天涯孤魂으로 허허벌판

이웃도 없는 여기에 너를 묻고 간다

눈 감으면 북망 한자락
찬 기러기 찢는 울음 끝에
네 동그만 무덤만 보이는구나

송도 I

해풍海風이 긴 목에
리봉을 감는다

마음 외로운대로
송도松島는 밤에 보아라

구름이 풀지 못한
저 기도祈禱를 잃은 지역地域에는
비만큼이나 눈물이 고였을라

갈매기 날개에 묻은 별을
꽃부채 흔드는 소녀少女……

사랑하면서 왜 떠나는가
부르고 나면 그지없는
낙서落書의 고향故鄕!

송도松島는 밤에 보아라
마음 외로운대로

우중기

―어느 역驛에서

보내는 아쉬움이 그렇듯이
눈물은 꽃잎으로 덮어 두라

내 마음은
어디메고 쉴 데가 없다
우중雨中에 손을 들어 보이는
그것으로 모두다

얼마간의 인연因緣들에 얽히어
다들 가고 싶은 곳으로 가는데
슬퍼야 할 이유理由 없으면서
그림자도 비에 젖어 무거운가

시장기를 느끼며
거리를 등지니

낙엽落葉과 함께
여권旅券도 없는 에트랑제!

해중방분

네 아무리 포효咆哮를 해도
나는 태연泰然히 앉아 간힘을 쓴다

영원永遠한 우주宇宙와 더불어
이 크낙한 진통陣痛!

창망蒼茫한 물굽이에 밀려
둥 둥 방향 없이 표박漂泊하다가

인도양印度洋이나 대서양大西洋 혹은 태평양太平洋
미친 풍랑風浪이 잠이 들어
어느 해원海原에 머무르면

아 애달프게도 아쉬어라
가난한 조국祖國이 그리운
한 점 무인낙도無人落島!

아무리 포효咆哮를 해도
이 새까만 탄생誕生
흘러라 검은 바다로

일찌기도 있었느니라
유리流離의 설움

풍경 II

아침 노을에 곱게 물든
호박 꽃이 기어이
무덤 옆에 누워 있길래

조촐이 늙은 박이
묵은 지붕 위에서
연민한 마음으로 내려다보고 있다

기차는 새파란 신중을 업고
캄캄한 지옥地獄을 막 빠져 나와
신흥사新興寺 쪽으로 달리는데

학두루미가 한마리 후루루
꽃잎처럼 떨어진다

해녀

무너지는 물보라에 치여
상처가 난 가슴!

사랑이 부풀어도
물에서 굶주린 꽃들이여!

놀이 강江줄기처럼 고운 일모日暮
울음도 목이 쉬어 굽이 굽이 휘파람

무성茂盛한 바다도 끝내는 이방異邦인데
타는 백사장白沙場에 피가 마른 해파리

애초에 비말飛沫로 사위어질 목숨인 것을
무덤도 표표漂漂히 지향 없는 부목浮木인가一

낙엽

뒷걸음을 치다
기우뚱……

얼룩진 땅에 주저앉아
세월歲月의 청상青孀은
어린 신중은 달래 놓고
저는 울며 간다

색맹色盲인 벌레는
발가벗고 누워서
염불念佛을 하고–

바스락……
쏴아 찬 기운이 지나간다

산석

태산준령泰山峻嶺이 아니고
야산野山이고져

아름드리 바위보다는
차라리 조약돌로

허공虛空에 구름 같은
저 인연因緣들……

김해평야

쓰러진 아내를 옆에 눕혀 두고
같이 가고 싶어하는 늙은 지아비는
시꺼멓게 썩은
밀보리 이삭이 오히려 대견했다

나중에야
우선 배가 고픈 어린 것들은
보리 죽이라도 쑤면
그래도 좋아라 웃는 것을······

죽음을 앞에 놓고
젊은 내외內外는 죽음을 훑는다

창고倉庫엔 싹이 트는데······
아 하늘이어!
어엿비 헤아려 주옵소서

낙동강洛東江 칠백리七百里를 끼고
김해평야金海平野에 사는
백성百姓이 아니옵니까

가난한 것이 원수가
홍수洪水도 죄罪가 아니란다

그저 태어나 사는 것이 한恨이라

젊은 내외內外는
죽음을 앞에 놓고
죽음을 훑는다

복권

—경마장競馬場에서

자하문紫霞門 고갯길에
아까시야 낙엽落葉이
돗자리를 깔고

의 좋은 부부라도 지나가면
좀 쉬었다 가란 듯이—

인왕산仁旺山도
얼룩진 눈물을 닦고
새 치마를 갈아 입으니
애띈 얼굴이 참 예쁘고 곱네!

일요일日曜日은
꼭 잠긴 창을
곧장 열라고 보챈다

여기는 뚝섬
지난 여름의 상황狀況들이
벗어 놓은 헌 옷 같이
포푸라 가지에 걸려 있다

조랑말 꽁무니에 매달려

268 이설주

인생人生은
낙일落日에 기울어지고

'진달래'와 고구마로
한 끼를 때우고
복권福券을 사본다

십삼계단

천구백육십이년一九六二年 십일월十一月 십육일十六日
아침 열 시 이날은
진우군珍宇君이 죽음으로 가는 날!

이슬에 젖은 한 조각의
생명生命을 움켜 쥐고
십삼계단十三階段 앞에 서서
잠시 눈을 감았다

다시는 더 못 볼 풍경風景을
눈이 아프도록 바라보던 창窓 밖에서
아직 얼굴도 모르는 세살짜리 막내동생이
조개비 같은 하얀 손을 흔든다

은혜恩惠와 원수怨讐의 기로岐路에서
입도 귀도 못쓰는 어머니에게
마지막 기도를 올리고
한 걸음 한 걸음 속죄贖罪의 계단階段으로
거침없이 올라가는 어엿한 모습

조선사람이기 때문에 —
짓밟히운 인간人間의 존엄성尊嚴性을 위하여
너의 소위는

한 어린 소녀少女에게 저지른 죄罪가 아니라
학대虐待와 모멸侮蔑에 대對한 보다 절실한 것이었다

기도도 소용없는 지역地域에서
스물 둘의 꽃봉오리
너는 서러이 져가는구나
삼십년三十年 전前에는 나도 〈후데이센징〉이었노라

누가 운다더냐
오끼나와에도 쟈와에도 그리고
저 무수無數한 고도孤島에
억울한 형제들이 잠들고 있느니

흰 옷이라도 한 벌 갈아 입고

얼룩진 눈길을
훌륭한 조선사람아!

범천동일대*

본인本人은
범천동凡川洞에 사는
처사處士올시다

곧잘
범천동凡賤洞이 아니라
범귀동凡貴洞이라 부르오

본시本是
연탄煉炭과는 인연因緣이 멀어서
생명生命을 앗기는 위협威脅은 전혀 없오

음천陰天에 기운 영토領土에
가난한 수의囚衣를 입고
그 은혜恩惠로운 혁명革命의
싸라기도 아쉬운 애국자愛國者들!

때로는
갱내坑內 같이 어둡고 습습濕한
허허虛虛한 지대地帶에서도
요강을 타고 앉았노라면

---

* 범천동 일대는 철도를 사이에 두고 자유시장自由市場이 있다.

구름이 분수噴水처럼 아릅답기도 합네다

폐선廢線이 된 철로鐵路가
시들은 염통을 뚫고
싸늘히 식은 동맥動脈 같이 누웠는데

범천동凡川洞 일대一帶는 이 철도鐵道 위에서
삶과 죽음을 걸어 놓고 ―

아!
어쩌면 저렇게도
망각忘却의 넋이처럼
하야니 하야니 눈이 내린다

경호의 달

잘랑 잘랑……
갈매기 목에
은銀방울을 달았다

삐욕 삐욕……
돗자리를 펴고
햇병아리들이 논다

찰삭 찰삭……
파도波濤가 키워 놓은
물새 둥주리(巢)

사막沙漠인양 알고
제단祭壇을 모아놓고
바람이
연서戀書를 묻어 둔다

그 언젠가 진주眞珠가 꿈을 꾸다
울고 간 고도孤島!

한발

노래도 없이
저물어가는 하늘 아래

야위는 모가지
철 잃은
후도候島!

아 어쩌면 이토록
눈물이 나도록 그리운
조상祖上의 피골皮骨

먼 산하山河여
어디만큼 오다가
서성거리고 있는가

자랑할 아무것 없어도
부끄럽지 않네
뜨거운 내 조국祖國이여!

새 태양이 보내는 아침

창을 활짝 열어라
새 태양太陽이 보내는
아침!

맑은 공기를 흠뻑 들이마시자
그리고
방을 깨끗이 치우자

구석 구석이
쌓인 먼지를 털고
흩어진 책들도
제 자리에 정돈하자

헌 옷은 거두어서
세탁집으로 보내고
양말가지는 내가
손수 빨아야겠다

시골에 순이에게도
편지를 보내자

이제 우리 모두 일제히
비를 들고 거리에 나서라

276 이설주

어른도
아이도
공무원도
장사치도

서로 웃는 얼굴로
인사를 나눕시다

새 태양太陽이
보내는
아침

멀리 구름을 누비고
종이 울린다

개점휴업
— 다방화제茶房話題

오천五千원을 수회收賄한 죄인罪人에게
만萬 원을 수회收賄한 판사判事가 집행유예執行猶豫

비지도 얻어 먹을 수 없어
술지게미를 찾아 돼지 대열隊列에 서다

쌀보다 보리쌀이 비싼 세궁민細窮民
말(斗)과 되(升)는 소용이 없다

닭 한 마리 이백二百 원이면
송아지를 잡아 먹자

아침에 비누 세 개를 팔아
저녁이면 두 개

숫제 창고 속에서
절로 뛰는 역설逆說

도매업자都賣業者가 되레 소매상小賣商에
오늘부터 개점휴업開店休業!

시인은 마침내 말이 없다

시방 삶과 삶이
맞서서 불을 뿜고 싸우는
저 처절한 광경도 아랑곳 없다

바리케트가 불 탄 자리에서
숯 부스러기를 줏어 모우는
아낙네들!

이 상上과 하下의 극학極限의 시점時點에서
조국祖國은 허기진 허리를 굽히고
……마구 눈물이

너도 목이 마르고
나도 가난하여
슬픈 자유自由의 노래여!

활 활 타는 불길 속에
호롱불 만큼도 의미意味 없는
시인詩人은 마침내 말이 없다

아 내일來日은
소나기라도 한번 억수로 쏟아져라
피 묻은 조국祖國이어!

탑동공원Ⅲ

농토農土를 버리고 다라난 황해도黃海道 아저씨가
조용히 니그로를 닮아갔다

빨간 넥타이가 기름에 저린 강원도江原道 젊으니는
제가 실직失職을 했다는 걸 까맣게 잊고 있다

헌 군복軍服을 걸친 경기도京畿道 친구가
시국時局에 대對한 한창 기염을 토하는데

얼굴이 종잇장 같이 하얀 영변寧邊댁이
먼지를 훅훅 불며 눈깔사탕을 들이민다

북청北靑 물장사가 눈에 선한 할어버지는
북北으로 떠가는 구름을 보다가 꽁초를 줏어 붙이고

전라도全羅道 광대가 한바탕 재주를 부렸는대도
구경꾼은 되레 돈을 받고 싶어 한다

영감이 하루 백百 원만 벌어 부태도 살겠다고 울먹이는
남의 소매에 아홉 식구를 거느린 충청도忠淸道 할머니

지개를 베고 늘어지게 자빠진 경상도慶尙道 사나이는
낮잠이 그래도 제일 맛이 있나보다

봄을 기다리다 봄이 오기 전에
봄을 저버린 이웃들
굶주리다 숨 져 간
고향을 빼앗긴 실향인失鄕人

사주관상四柱觀相은 모두 헛방
팔도八道 사투리가 한데 얼려 강냉이죽을 쑤는
여기 이 한국韓國의 찌그러진 얼굴!

해장국

북악산北岳山 기슭을 한바퀴 돌아
후줄근한 창자를 접고
찌그러진 해장국 집에 들었다

복덕방 할아버지가 담배쌈지에서
휴지쪽 같은 부채負債를 털어
꺼져 가는 등불을 고우고

"우리 한잔 더 할까?"
"아니 인제 그만……"

"여보 그라지 말고 한잔 더 합시다
일흔 두 살인데 앞으로
몇번이나 더 권하겠오!"

예순 일곱이라는 할아버지는
이가 없어 선지도 씹을 수 없다면서
엄지손가락으로 연신 콧물을 훔치다가

'다른 사람들은 사십四〇 · 오십五〇에도 잘 죽더라만
나는 왜 이렇게 오래 사는지 ─'

해장국을 가운데 놓고

망각忘却의 세상世上과 이울어진 인생人生을
구겨진 지폐紙幣와 같이 어루만진다

풍우속에

육십년전六十年前
을사보호조약乙巳保護條約에 항거抗拒한
우리 민족民族의 피의 절규絶叫와
선열先烈들의 울부짖음이
메아리친 산하山河!

삼·일운동三·一運動의 열띤 함성喊聲은
삼천리강산三千里江山을 뒤흔들었고
민족자결民族自決의 햇불이
연면連綿히 이어진
구국항일救國抗日의 투쟁鬪爭

삼십육년三十六年을
모진 풍상風霜은 살을 저미고
골수骨髓에 사무친 원한怨恨과
잊지 못할 반세기半世紀의
구적仇敵

부정不正과 부패腐敗
독재獨裁와 민주반역民主反逆의
뿌리 깊은 독소毒素를 뽑아버리고
국민주권國民主權의 승리勝利를 쟁취爭取한
사·일구四·一九의 소용돌이

284 이설주

저 순국殉國의
삼·일 三·一과
사·일구 四·一九의
거룩한 정신精神을 받들어
민족民族의 줏대를 세우고
애국愛國의 길……
자주自主의 길……

국가운명國家運命의 기치旗幟를 높이
독립국가獨立國家로서 당당히
우리 민족民族의 주체의식主體意識이
명멸明滅하는 신호信號를
만방萬邦에 알려야 했다

사십년十四年 긴긴 세월歲月을 굶주리며
태산준령泰山峻嶺을 넘어오던
한·일협상 韓·日 協商이

해방解放이 된지 이십년二十年
을사조약乙巳條約에서 꼭
육십년六十年 만에 매듭을 짓는다
무척 어렵고 고된 시련試鍊이었다

아! 무수한 애국자愛國者들이
나라를 빼앗긴 목숨을 안고
겨레와 동기를 버리고 풍찬로숙風餐露宿

표표飄飄히 구름과 같이
끝없는 유랑流浪을 하던
울분과 설움이 치밀어올라
만감萬感은 가슴을 에이고 목이 멘다

육십년六十年이란 무너진 연륜年輪이
얼룩을 지우고 간 오늘!

미움과 원수를 넘어
이 엄숙한 현실現實 앞에서
우리는 내일을 바라보자

이제
할일은
말보다 실천實踐
민족民族 주체성主體性이
살아 있느냐
죽어 가느냐에 있다

주권국가主權國家의 국민國民으로서
긍지矜持와 각오覺悟
역사의식歷史意識을 바로 헤아려
우리의 자세姿勢와 결의決意
민족정기民族正氣에 붙타는
패기覇氣와 자유정신自由精神

아직 국토통일國土統一을 이루지 못한채
두 번 다시는 민족民族의 치욕恥辱인
역사歷史의 부채負債를 지지 말자
그리고
자자손손子子孫孫 후세後世에 남길
값지고 빛나는 유산遺産을 마련하자

오!
영원永遠한 조국祖國이여!

청담

일월日月을
먼지를 털어
빨래줄에 넌다

습지濕地에서 젖은
참새가 앉아
죽지를 말룬다

하늘 한자락이
눈물 없이 젖는다

날개 죽지가
곧장 처진다

바둑과 낚씨

보살이 공맹孔孟을 외우면서
선禪의 영지領地를 침범侵犯하다
권모술수權謀術數에 떨어지는 백기白旗

한 생명生命을 앗아 가면서도
추상秋霜 같은 절개節介를 자랑하며
만고열녀萬古烈女의 너울을 쓴 과부寡婦

육교

바싹 바싹 죄어드는
뗑볕을 조골助骨에 삭이며
천신만고千辛萬苦
얼마나 더 많은 세월을 닳아야
저 먼 휴전선休戰線에 닿을 것인가

육 · 이오六 · 二五 전란戰亂의 그 무서운
포화砲火 소리와……
이그러진 시체屍体를 헤이며
소음騷音 속의 층층다리를 딛고
가파로이 몸을 가눈다

한 줄기 은銀빛
구름을 찢고 첨탑尖塔 끝을 선회旋回하는
뜨거운 날개를 따라
바다와 육지陸地를 가늠해 본다

자갈을 물린 하늘을
지탱할 수 있을까
가라후도(화태樺太)와
휴전선休戰線

진 종일을 허덕거리다

물밀듯 밀려드는 허기진 호흡呼吸은
무더운 기류氣流를 타고
모두 어디로 가는 것일까

가라후도로 가는 것일까
아니면 휴전선休戰線으로 가는 것일까

아니다
동東으로도 남南으로도
갈 곳이 있는 것일까
모두 어디로들 가는 것일까

봄을 기다리는

질식하는 뒷골목에도
차고 슬픈 판자板子집에도
따스한 촛불을 밝히고
보람과 빛을 주옵시고

삼팔장벽三八障壁 컴컴한 구석에도
비를 맞는 묘비墓碑에도
허물어진 국보國寶에도
익히 눈을 뜨게 하옵시고

피보다 아픈 하늘이
창창히 지켜 온
아 우리의 영토領土
동해東海 서해西海도
남해南海도
독도獨島도

눈바람이 서성이는
뚫어진 창밖의 주막酒幕도
저물어가는 나루터도
모두 조국祖國으로 가는 길

이제 회한悔恨의 눈물과

292 이설주

때 묻은 깃발을 거두고
아름다운 조국祖國의 산하山河여
진통陣痛하는 겨레의 역사歷史여
온통 사랑과 꿈으로 은혜하소서

나목

땅이 비대肥大하면서
수척해진 내 뼈다귀

이끼 하아얀 강江 비탈을
씽씽 바람이 불어오면
오자랖을 싸는데
너는 나를 압도壓倒한다

이제 이 번화한 삼거리엔
나목裸木이 다 차지하고
허수룩한 구석에 복덕방만
배를 깔고 엎드렸다

우수수 지는 감정을
나목裸木에 옮겨 심으니
외로운 잔 위에 저무는 나그네처럼
노랗게 물들었다 간
으넝나무 아래 앉은
빈 벤취

이렇게 버려놓고
자랑하지 않는다
회한悔恨이 없다

294 이설주

건널목에서

많은 사람들과
대화對話가 필요必要하면서
나의 시詩는 언제나
고독孤獨할 것인가

어느 외딴집 돌담 모롱이에
이름 없는 꽃이 피었다 지듯이
그렇게 이연엽李延燁씨는 갔는 것을
목이 쉰 건널목에
신호등信號燈 대신에
배 꺼진 애드바룬이
한
외로운 영혼인양

고요한 강물처럼
새벽이 온다

말없이 대면하는
귀 언저리에
묻어 오는 바람소리……

내 뒤에도
밀려드는 아픈 세월의
검은 행렬行列이 죽어가고 있다

잎들은 지고

누덕 누덕 기운
누덕이 새로
낙엽落葉이 비어져 나오고

망향望鄉은
가을 바람에 두들겨 맞고
길 모퉁이에 쓰러졌다

어디에 가서
이 저문 날을 기대고
한숨과 함께 낙엽落葉을 씹으랴

가랑잎을 긁어모아
여윈 불을 지피고
조그만 가슴을 대면
하룻밤은 족하리라

호— 이
아득히 먼 저승엔듯
안마 젓대 소리도 사위고

모두 버려진채
잎들은 지나

296 이설주

학

천둥 비바람에
굽이 굽이 용린龍鱗을 틀어
푸른 이끼 천년千年을 즈음하여 솟은
락락장송落落長松

창창蒼蒼히 뻗은 가지 끝에
날개 접고 도사린
학鶴
학鶴
학鶴

인욕忍辱의 부리를 갈고
사무친 조국祖國의 한恨을
하늘을 우러러 길게 목을 뽑아
슬픈 울음을 울었구나

동족상잔同族相殘의 기구崎嶇한 운명運命을
구름은 갔다 돌아오는데
부르면 메아리치는 산하山河여

은수恩讎를 넘어
그 애끓는 호곡號哭은
쓴드라 사막沙漠에도

피를 쏟아라

얼룩진 연륜年輪이
자국 자국
마마처럼 밟고 간
검은 세월歲月……

놀 부시고
나래치는 동해東海에 열리는
뜨거운 아침!

돌아오지 않은 겨레와
잘리운 국토國土의 아픔을
다시 한번 깃을 차고
비원悲願의 목을 뽑아라

돈화문
—국장國葬이 있던날

삶이 더
쓰린 군상群衆들은
태풍이 지나간 듯

아까 까지도 걸렸든
조등弔燈이
저문 나룻배처럼 구두어지고

왕조王朝에 하직下直한
문門은
고요히 닫혔구나

눈시울이 붉어진 할머니도
이젠 다 옛 이야기처럼
오백년五百年 낙조落照와 함께
망각忘却의 여운余韻으로

언제 여기에
무슨 일이 있었딘가
구름도 가버렸네

정일품正一品과

종구품從九品의 영화榮華도
나라(國) 가면 그만

부엉새 우는 검은 숲속에
훌훌히 띄워 보내고
……문門은 통곡望哭한다

남대문

우람한 몸집
그 억센 가슴팍과
굵은 목소리가
이젠 나만큼이나 약해졌는가

흙떡을 빚어 놓고
주리다 간
청소년許少年의 신문新聞을 들고
남대문南大門에서 내렸다

이 어린 영혼의 못다한 소원이
억수로 사무친 바위 위에
한 그루 락락落落히 솟은
창창한 잣나무로 되어
푸짐한 열매를 맺게 하소서

아!
꽃상여 꽃가마
숱한 애환哀歡의 사연이
굽이 굽이 서린
쓰고 아픈 생채기……

고향故鄕을 떠난 사람들의
외로운 향수鄕愁처럼
문門을 기대고
가랑비가 내린다

광화문

그때
염습殮襲를 하고
북악北岳 인왕人旺 삼각三角이
망명亡命의 길을 떠났다

저승으로 가는
이윽고 불길不吉했던
겨레들……

회오리 바람은
광화문光化門 꼭대기에서
간음을 하고
목을 잘라 갔다

뒤로 성큼 성큼
물러서는 세월에
어쩔 수 없어
기어이
만져 볼 수 없는 하늘을

그 아우성 속에서 불살린
누각樓閣을 바라보는
고독孤獨한 성주城主처럼 나는

302 이설주

너를 지켜 섰다
은원恩怨에 바래진
피와 눈물이
달빛에 뒤범벅이 된

동대문

겨레의 무수한 수난受難을……

꼭 꼭 채우고
스스러운 상처를 다스리고
다시는 열지 말자

구열龜裂이 간 성벽城壁엔
독毒버섯 누렇게 진물이 흐르고
피 묻은 삭풍朔風이
주린 짐승처럼 운다

청량리淸凉里 왕십리往十里 밖에서
칡넝쿨을 캐던 기형아畸形兒들이
동대문東大門 시장市場에 노래를 팔러 와서
양지쪽에 쭈그리고 앉아 돌맹이가 되고

주리틀린 용마루에
하야니 눈이 덮여도
더 선명해지기만 하는
얼룩 자국을
새들은 어찌 하란말인가

독립문

하늘 푸르르고
강산江山은 아름다와
자문咨文 화려히 펼쳐지던
이 나라의 수구문守舊門

영원永遠을 고우고 서서
만신滿身 창이瘡痍!
풍상風箱이 깍아 가도
얼은 범犯하지 못 했나니

봄은 덧없어도
나라 잃었어도
이지러진 문신文身은
마멸이 되고 풍화風化해도
그대로 독립문獨立門

아침 햇살이 거두고 간
태극太極의 그 아픔을 잊지 않을려고
여울처럼 잔잔한 사투리와
꽃장수 줄을 이어

한수漢水로 낙동洛東으로
백두白頭 한라漢拏로

핏줄 굽이 굽이 끓는
겨레의 문門이여!

억천년億千年 후에라도
너 그대로 독립문獨立門

대한문

해아海牙로
밀사密使를 보낼 때
너는
천하대장군天下大將軍

칠조약七條約의 원흉元兇이
무엄히 드나들었어도
그대로
지하여장군地下女將軍

하여 마침내
천추千秋에 원한怨恨을 품은 겨레는
여원 잔등에 멍에를 얹고
무거운 사슬을 끌었다

시방도
저 코리아호텔 찌푸린 꼭대기
은은히 서린 요기妖氣에
걸린 청맹과니야!

장승이래도
비바람치는 날은
소리쳐 울어라

숙연이 고개를 숙이고
이 분하고 역울한 사연을
가라후도(화태樺太)에 전하라고

강산江山은 돌아왔는데
못다 온 겨레들
피를 쏟는 조국祖國에의 설움이
망향望鄕의 하늘을 우러러

아!
무엇이고 모두 빼앗긴
조국祖國의 한줌 흙이……

피묻은 문

아름다운 강산江山
빛나는 바다
창창한 조국祖國이여

부르면
산울림 같이 돌아오는
어머니의 말씀처럼
은은하고 따스한 祖國이여

젖가슴에 깃드린
이 애절한 울음을
꽃잎으로 어루시고 달래소서
어머니의 조국祖國이여

사철 앓고 누은
그 축축한 뒷 바라지를
봄빛과 미풍으로

겨운 시련試鍊과
온간 풍상風霜을 겪으면서
그늘이 진 눈시울에
추상秋霜 같이 서슬이 푸른
동문東門 남문南門 서문西門 북문北門……

모든 문門은 굽어 살피시고
피 묻은 문門을 지키소서
조국祖國의 성문城門이여!

적敵과 맞설 땐 굳게 걸고
썰물처럼 나가면 문門을 열고
이 자랑스러운 영토領土에 자는듯
고요한 평화平和를 누리게 하소서

자하문

강 건너 마을에 소나기처럼
인심은 산모롱이로 돌아 서고
내일이 서성거리는

주홍빛 추녀 끝에
소군 소군 아침 햇살이
햇 병아리들과 논다

화창한 봄날은
어느 하늘 한자락을 울고
돌아오는가

둥주리(소巢)도 치지 않는
무너진 토성에
말굽 소리 바람에 끊어지고
문은 상시로 채워 있다

삼각산 이마빼기에
비 묻어 오나
엑스트라들의 초조한 얼굴!

파주

소나기를 피하는 나그네처럼
잠시 붕대를 갈아 매는
황량한 철둑을 따라

시나브로 흩어진 코스모스
낙오병인양 적이 스스러운 듯

미꾸라지 뜨는 광주리 다투는
개구쟁이들 이가 하얀
두문동 어구

암꿩 한마리 끼끼끼
수수밭에서 몸을 풀고
저쪽 솔밭으로
수놈을 유혹한다

312 이설주

임진강

피로써
첩첩이 원수를 넘어
작열炸裂하는 육탄으로
겨레를 막아 낸

하늘보다 맑고 푸른 강심에
육편肉片이 묻은 찢어진 깃발인양
운명運命처럼 서 있는
저 찬란한 상처!

이젠
더 없이 대견스러운
세기世紀의 유적遺蹟인가

구름도 눈을 가리던 강뚝에서
못다 부르고 간 넋이
마냥 서성이는
갈대는 무엇을 찾았을까
저렇게 수런거리고

하마
어족魚族들도 앤간히
자랐으리라

강江도
물도
인심人心도
조용한 돛배와 같아
조국祖國에로 조국祖國에로 ―

문산

한탄강에서 잃어버린
막내 아들이 곧장
뒤 따라 올 것만 같애서

하늘도 텅 비어 있는
이 지질한 하꼬방 마을에서
문득 어느 골목 같은 데세
금시라도 나타나 주기만 기다리고

눈시울이 물은 할아버지가
오글 쪼글 지키고 있는
송천 국수집

수충지대

왜 여기가
남의 땅이란 말인가

이지러진 바가지도 조그만 유산으로
간도間島로 간도間島로 쫓겨 가던
할아버지와 할머니도 그리고 숱한 형제들이
밟고 간 흙이 아니냐

망명亡命의 서러운 나그네도
지키고 못 잊던……

심장을 적시고
조상祖上들의 입김이
야윈 손등에 와
명주올처럼 감기는

한번만 흘러라
한번만 목놓아 울어라
재(嶺)도 늪도 아닌
흐르지 않는 강江이여!

316 이설주

인민군

산하山河 한자락을 갈라 딛고
들국도 시무룩 돌아서 피는
눈물이 외려 한스러운
뜨거운 땅에서
너도 나도 말이 없구나

피는 물보다 진한 것
주의主義가 비뚜러지면
이 같이 가열苛烈하고
전쟁戰爭보다 더 참혹한 것일까

얼머나 어려운 기도를 드리면
조국은 돌아오려나
원수 아닌 원수
사상思想은 미워도
미워할 수 없는 자여!

대성동

얼룩소 눈여울에 가을이 익어
금빛 놀 잔잔하고
벼수술이 젖어
바람도 향기로운
고장은 온통 그득한데

비단 같은 고운 구름이
고요한 깃발인 양
하늘 한 모퉁이에
기웃이 걸려 있는

가스내가 머슴애보다 많은
아쉽고도 오붓한
자유의 마을!

돌아오지 않는 다리

하늘은 이토록 아름다운데
자꾸만 얼룩을 지우는
이 이름 없는 망대望臺에서

가을빛 아물거리는 논두렁에
허리 굽힌
저어기
누님 같은
어머니 같은
그림자!

온갖 꽃들이 피고 진 늘름강江
피 묻은 탯줄을 잡고
학처럼 목을 뽑고 돌아간다

어느 두메 구석에서
밤새 별빛으로 닦아진
고운 백골白骨은 쉬는가
사상思想이 뭐길래
산 자도 죽은 자도
돌아오지 못하는 다리!

휴전선

아 어쩌면……

첩첩으로 능선을 지키는
삼엄한 포문砲門 보다는
애교가 있어 미소롭다

꼭 아이들의 뜀줄 같은
금시에라도 참새들이 모여와서
지줄댈 것만 싶은 빨래줄 같은

그러나
어린이도 쉬이 넘을
이 집념執念의 서글픈 휴전선休戰線이
대포大砲도 탱크도 나가지 않는
죽음의 토치카란 말인가

아! 하늘이여
연민히 굽어 살피시고
성스럽고 경사스런 식장에
테프를 끊듯 그렇게
당신의 은총의 한량없이 큰
그 갸륵한 말씀과 뜨거운 사랑으로
어엿비 헤아려 보옵소서

320 이설주

팔각정

지금 우리는
무엇을 잃었을까
그리고 소망은

놀 비낀 비둘기 나래
그 고운 원한을

뜨거워지는 눈시울
두 손 모아 받들고
억겁으로 타는 이 사무친
기원을 하늘에 달까

신라新羅 초롱 같이
생긴
팔각정八角亭!

UN군 식당

그래서
그들은 저렇게 포동 포동
피부가 부드럽고
얼굴에 윤기가 나는가보다

나는 과중한 칼로리를 씹으면서
월남越南에 가 있는
그 무슨 고약한 냄새가 나는
간장이 구역질이 난다는
따이한의 국군을 생각해 본다

그들은 소리 없이 먹는데
콩나물 시래기 활명수 조고약으로
손마디가 굵은 우리는
말이 너무 많을 수 밖에

해설

실버들 다소곳이
미풍微風에 맡기고
금잔디 파란 움이
조둥이를 쳐들어
삼월三月 햇볕을 한껏 마신다

먼 산山에는
아지랑이 새근 새근
코 골고

물 위에 아른 아른
은어銀魚 비늘이 눈부셔
물새 한 마리
거꾸로 미끄러진다

여기 저기
빨레를 헤우는
아낙네들

한 폭 그림은
사주沙洲에 점점點點
백로白鷺 일레라

도표삼봉*

한쪽이 톨아지면
한쪽을 달래놓고

어루만져 애무하고
스다듬어 재우고

유유한 강심은
세월도 잊었는데

엄히 다스리지 못한 죄로
인종의 석문을 채우고

업보에 바래진 수의를
가사장삼으로 걸치고

비바람에 깍이어 가는
일련 탁생인가!

---

* 부부봉夫婦峰, 첩봉妾峰.

바닷가에서

놀은
네 고향을
꿈 같이 덮고 있는데

아무것도 가진 것 없는
조촐이 늙은 선비가

한자락 하얀
마음의 손수건

옥색을 들이리까
보라색으로 수를 새겨 올리리까

호젓한 아쉬움……
보다 값진 눈물로
함박 무늬를 놓아 드리오리까

포말의 오열을 먹고
꼭 다문 조개를
기어이 울리는 갈매기야

만년의노래

꽃은 피어라
함박으로 피지 말고
살몃이 미소 짓듯
그렇게 피어라

정은 익어라
활활 타지 말고
질화로에 묻어 둔
긴긴 겨울밤처럼
그렇게 익어라

사랑은 가거든
한꺼번에 가지 말고
물 차는 제비 같이
그렇게 가거라

죽음은 오거든
준마로 뛰지 말고
양지에 씨앗이 트듯
그렇게 오너라

상일

창에 어린거리는 손길은
그늘에 진 낙엽인가

뜨거운 노래는 싸늘히 누워
은하 흐르는 밤도
슬피 우는 갈매기

아픔은 이미 사랑이 아니어서
외로운 영혼들은
공쏲으로 돌아가도

하야니 덮인 무덤은
곱게 빛나리

북방파 시와 방랑의 정체
―이설주의 초기 시를 중심으로

1. 문제의 제기

　향수鄕愁·노스탤지어Nostalgia는 문학을 형성하는 하나의 본질이다. 굳이 현학적인 말을 인용하지 않더라도 문학이 고향으로 가는 길임은 우리가 잘 아는 한국의 여러 작품에서도 쉽게 발견할 수 있다.

　김소월의 〈진달래꽃〉, 이육사가 '내고장 칠월은 청포도가 익어가는 시절' 이라 한 절창, 윤동주와 〈별헤는 밤〉의 고향 간도, 백석과 그의 고향 정주, 김영랑과 전라도 고향 사투리, 전봉건과 북쪽의 고향 등 그 예는 허다하다. 시만 이러한 것이 아니다. 이효석이 〈메밀꽃 필 무렵〉에서 아름다운 달밤 산길 풍경을 그렇게 정확히 그릴 수 있었던 것은 그 작품의 배경이 자신의 고향이었기에 가능했고, 조정래가 〈태백산맥〉에서 감칠맛 나는 전라도 사투리를 탁월하게 구사할 수 있었던 것 역시 그가 벌교 사람이었기 때문이다. 이문구의 〈관촌수필〉의 유려한 문체 또한 그의 고향에 기대고 있다. 이와 같이 문학작품들은 모두 '고향을 향한, 고향으로 가는 길' 이다.

　일제강점기, 특히 1930년대 말기로 오면 이러한 향수는 외방지향外邦指向으로 나타난다. 우리가 잘 아는 윤동주의 〈또 다른 고향〉은 '가자/ 가자/ 쫓기우는 사람처럼 가자/ 백골 몰래/ 아름다운 또 다른 고향에 가자' 고 외치고 있다. 이것은 서정주가 '계집애야 계집애야/ 고향에 살지// 멈

둘레 꽃피는/ 고향에 살지// 질갱이 풀 뜯어/ 신 삼어 신고// 시누대밭 머리에서/ 먼 산 바래고// 서러워도/ 고향에 살지' 라는 포에지와 반대이다. 강박관념에 쫓기듯 이 시의 서정적 자아는 고향으로부터 탈출을 기도하고 있다.

1930년대 말에 오면 이런 이향離鄕의 시가 집단으로 나타나기 시작한다. 오장환, 이용악, 유치환, 이찬, 백석, 박팔양, 이서해, 이설주 등이 대표적 시인이다. 필자는 이런 일군의 시인들을 북방파北方派라 칭한 바 있다.

이용악은 '두만강 저쪽에서 온다는 사람들과/ 자무스에서 온다는 사람들과/ 북어쪼가리 초담배 밀가루 떡이랑/ 나눠서 요기하며 내사 서울이 그리워/ 고향과는 딴 방향으로 흔들려간다' (〈하나씩의 별〉, 1945)며 서정적 자아를 내쫓았고, 이찬도 '이역천리 저 북만주 가구야 말려느냐/ 아 잡아보자 네 손길 이게 마지막이냐/ 이리도 살뜰한 널 내 어이 여희는가' (〈북만주로 가는 월이〉, 1937)라며 이향의 슬픈 정황을 서사화했다.

이런 문학적 현상에 대한 해석 중에는 당시의 정치 사회적 문제와 관련시켜 만주 이민사 제3단계인 정책이민시대에 나타난 현상으로 접근하려는 시각*과 만주국에 부응한 그러한 친일적 성격이 아니라 스스로를 지탱할 절대절명의 현실적 필요에 의해서 이룩된 생존문학**이라는 견해가 있다.

그러나 필자는 이런 일단의 문학을 이민문학移民文學으로 규정하고 이런 문학에 내재한 망명적 성향과 궁핍의 땅을 탈출하여 새로운 고향을 건설하려는 민족생존의 전략으로 해석했고,*** 이 논리를 수정 보완해 오고 있다.****

---

* 윤영천의 한국의 유이민 시의 성격에 대한 해석.

** 오무라(大村益夫)의 〈윤동주와 한국문학〉(소명출판, 2001)에서 구만주국 한인문학을 그렇게 설명했다.

*** 오양호, 〈이민학론移民文學論〉(영남어문학 3집, 1976). 이 논문은 국어국문학회편 국문학연구총서⑩ (정음사, 1982)에 같은 제목으로 재수록되었다.

**** 1988년에 출판된 《한국문학과 간도》(문예출판사), 1996년에 출판된 《일제강점기 만주조선인문학연구》 (문예출판사), 2007년에 간행한 〈만주이민문학 연구〉(문예출판사) 등이 모두 이러한 시각이다.

사정이 이러하지만 북방파 시인들 중에는 노스탤지어가 시종일관 외방지향성으로만 나타나는 시인이 있다. 향수의 외방지향 그것은 곧 방랑放浪이다. 이 글이 집중적으로 고찰하려는 이설주李雪舟의 북방시가 그러하다. 여기서는 이설주의 《들국화》*《방랑기放浪記》** 두 시집을 통해 북방파에 두루 나타나는 향수의 외방지향〉과 방랑의 성격을 고찰하고, 이설주 시의 정체를 탐색하려 한다.

2. 포의전전布衣轉轉 호적없는 시인

시인 이설주는 대구에서 태어나(1908, 본명 용수龍壽) 수창국민학교, 대구고보를 졸업하고(1927) 일본에 유학 니혼대학(日本大學) 경제과에 다니던 중 1931년 5월 1일, 메이데이에 붉은 전단을 뿌리려다가 체포되어 학교를 중퇴하고 시 쓰기만으로 세수 93세를 누린 시인이다.*** 그는 대구고보 3학년 때 족형族兄인 이상화의 시를 읽고 '문학에 대한 의욕이 맹렬히 용솟음치게 되어' 시인의 길로 들어섰고,**** 시인으로서의 데뷔는 1932년 동경에서 〈고소古巢〉를 발표하면서부터이다.*****

오오제끼 고로(大關五郎)가 주재하는 민요를 중심으로 한 순시지純詩誌《신일본민요新日本民謠》, 1932년 8월호에 수록된 〈고소〉는 망국민의 설음을 문제삼는 현실참여적 성격을 띠고 있다.

　　古巢

　　レモン花〉く南國の

---

*《들국화》(민고사, 1947, 대구).
**《방랑기》(계몽사, 1948, 대구).
*** 타계한 날은 2001년 4월 20일.
**** 이설주, 자전적 시화집 《문학적 향수》(갑인출판사, 1999), p.24.
***** 이설주, 같은 책, p.67.

こぞ(去年)に別れしまらうどよ
軒の古巣が戀しさに
燕の鳥は巣に歸る

椿花〉くあの丘で
泣いて別れしまらうどよ
棄てた夢ゆゑ戀しいと
ふたたびわれと嘆かぬか

옛 보금자리

레몬꽃 피는 남국의
작년에 헤어진 나그네여
처마 밑의 옛 보금자리가 그리워
제비는 보금자리로 돌아가네

동백꽃 피는 저 언덕에서
울며 헤어진 나그네여
던져버린 꿈이기에 그립구나
다시금 스스로 한탄하지 않으리

　여기서 '고소'는 고향, 고국이라 보아도 큰 무리가 없을 듯하다. 레몬
꽃 피는 남국과 동백꽃 피는 언덕은 고국산천이요, '마로도(まらうど)'는
'제비' 또는 '나그네'를 지칭하는 말이니 빼앗긴 나라를 떠난 서정적 자
아가 언제 고향에 돌아갈 가를 안타까워하는 것으로 해석이 되기에 그러
하다.

이 시인은 1947년 《들국화》를 상재한 이후 평생 동안 22권의 시집을 출판했다.* 시력이 자그마치 64년이니 그럴만하다. 아마 이런 이력은 우리 문학사상 그 예가 없을 것이다. 시력이 한 인간의 자연수명 만큼 길다. 그런데 한국의 어떤 문학사도 이 시인에 대해서는 한 행의 언급도 없다. 그 이유가 무엇일까. 이 시인의 시력을 면밀히 살펴보면 몇 개의 특징이 나타난다. 이 문제가 아마 이런 문학사 기술과 관련될 듯하다.

첫째 이 시인은 포의전전하며 다작을 한 시인이다. 둘째 어떤 문학단체에도 관여하지 않았고, 문인들과의 교류도 없었던 지방시인이다. 즉 아마추어리즘적 작가정신으로 문단외곽에서 활동했다.**

첫째문제부터 살펴보자. 이설주의 첫 시집 〈들국화〉가 1947년에 출판되고 같은 해 《세기世紀의 거화巨火》가 나왔다. 〈방랑기〉는 이듬해 9월에 간행되었다. 그리고 〈방랑기〉 말미에 이런 광고가 있다.

이설주李雪舟 시집詩集

제1집第一集 〈들국화〉(절판)

제2집第二集 〈방랑기〉(기간)

제3집第三集 〈한강〉(근간)

제4집第四集 〈호접〉(미간)

제5집第五集 〈홍수〉(미간)

그러니까 제3, 제4, 제5 시집은 계획만 하고 간행은 되지 않은 듯하다.

《들국화》 이후 1947년 9월까지 시는 따로 모아 이미 시집 《한강》이 준비

---

* 따님 시조시인 이일향李一舟은 40여권이 될 것이라고 말하면서 34권이라 증언했다. 그러나 필자의 자료 조사에서는 27권으로 나타났다. 많은 시집을 내면서 미처 정리를 못했던 것으로 보인다. 본인 스스로도 체계적인 정리를 미뤄 두었던 결과 나타난 현상일 듯하다.

** 경북여고 국어교사 시절 이설주의 별명은 '자부래비'였다고 한다. 늘 시상에 잠겨 자는 듯 눈을 감고 있었기 때문이다.(경북여고 출신 따님 이일향의 회고).

되어 이보다 1년 먼저 나오게 된 것이 여지껏 햇볕을 못보고 있고 1947년 10월에서 1948년 8월까지의 노래는 제5집 《홍수》로서 세상에 나올 날이 멀지 않아 있을 테니⋯⋯*

사정이 이러하지만 1949년 시집 《잠자리》가 나왔다. 해방 직후의 혼란기에 개인시집을 이렇게 3년 연속 4권을 출판한 시인은 없다. 대단히 왕성한 활동이다. 해방전 작품이 중심이 된 《들국화》와 《방랑기》가 비교적 좋은 평가를 받으면서 신기하게 금방 팔려나간 것에** 자신을 얻어서인지 그 후 이설주는 6·25전쟁기에 《미륵》(1952), 《유수곡流水曲》(1953)도 출판하였다. 그런가하면 1953년 《연간시집年刊詩集》을 김용호金容浩 시인과 공편했고, 1954년 《연간시집》은 유치환과 공편하였으며 《현대시인선집》(상,하)을 1954년 김용호와 함께 간행하였다.

이설주의 이런 활동을 두 가지로 해석할 수 있다. 첫째는 편집기획자로서의 활동이고, 둘째는 작품이 생산되기까지 걸리게 되는 절대시간, 즉 시적인 사색, 탐색, 압축, 퇴고의 과정이 아주 짧거나, 즉흥적인 것이 아니었을까하는 추측을 낳게 한다. 결국 많은 시를 짧은 기간에 발표함으로써 문학적 성취도가 문단에 부정적으로 파급되었다.

한편 시인 이설주는 애초부터 자신은 포의전전하는 방랑시인으로 규정하였다. 우선 용수龍壽라는 본명을 설주雪舟라고 고치고 평생 이 필명으로 활동했다. 그리고 창씨개명한 이름은 북리모연北里暮煙이다. 이런 이름에 대해 시인 자신은 다음과 같이 고백한 바 있다.

이 무렵에 내 이름(號)은 기다사토보엔(北里暮煙)이다. 북망같은 그늘진 마을에 한오리 실낱같이 오르는 서럽고 가난한 저녁 연기라는 뜻으로 이것도

---

* 이설주, 〈방랑기〉 '서序'. 이 서序는 1948년 8월 5일에 쓴 것으로 날짜가 밝혀져 있다.
** 이설주, 〈문학적 향수〉, p.140.

내 딴에는 약소민족의 상징이라 하겠다.

　아호는 대개 선배님이나 친구들이 지어주는데 나는 원래 산수를 좋아하기 때문에 산山자와 수水자로 호를 지으려니 지자요수 인자요산知者樂水 仁者樂山이라는 성현의 말이 있지 않은가. 그래서 너무 대견하고 근사한 걸 고른다는 것이 문득 '千山鳥飛絶 萬徑人從滅 孤舟衰立翁 獨釣寒江雪'이라는 시귀가 생각이 나서 설주雪舟라고 했다.*

　그러니까 설주雪舟라는 필명은 시인 자신이 자기는 '눈 내린 강가에 홀로 떠 있는 외로운 배'라는 뜻으로 지은 자작명이다. 북리모연北里暮煙이란 호 또한 비장한 허무주의, 방랑적 기질이 내포되어 있다. 벌써 이 이름에서부터 북방北方으로의 긴 여행이 암시되어 있다. 왜 하필 '북리'인가. 이렇게 보면 이 시인에게 있어서의 방랑, 그것도 북방지역으로의 방랑은 생래적 운명이었던 것 같다.

　이설주의 방랑은 동경유학시절에 사상범으로 체포되어 옥고를 치른 후 대학을 중퇴해야 했던 사정과 어릴 때부터 받았던 후데이센징(不逞鮮人)으로 대접받아야 했던 약소민족의 설음이 자신을 방랑시인으로 내몰았다는 말을 여러 곳에서 언급하고 있다. 그 중 이런 사실을 가장 확실히 밝힌 것이 자전적 시화집이다.

　① 동경 경시청에는 내 앞 가슴에 〈이용수〉라는 패를 달고 찍은 요시찰인物要視察人物의 사진이 묵은 창고 어느 한 구석에 해방 전까지 아니 지금까지 보관되어 있을지도 모른다. …(중략)…

　고향엘 오니 무슨 거물이나 되는 것처럼 대구역에는 벌써 아무것도 아닌 나를 기다리고 있었다. 일본에서는 좀 매를 맞는다 뿐이지 엔간해서 심한

---

* 이설주, 〈문학적 향수〉, p.52.

고문은 안한다. 그런데 동족이면서 어쩌면 그렇게도 포악하고 잔인할 수가 있단 말인가. 아뭏든 몇 번을 까무라쳤으니까. 20여일 만에 집에 나와서 그대로 드러누워 모두 죽는다고 했으니 지금은 덤으로 사는 셈이다. 이때 내 담당은 고등계 형사 김의동金宜東이었다. 그 녀석은 잘 두들기면 훈장이라도 받는지

　…(중략)…

황막한 벌판에서 백설이 흩날리고 때로는 황포강黃浦江 저문 날을 표표히 떠다니며 서러운 조국의 하늘 한 자락에 부치는 노래로 마음을 달래곤 했다.*

　② 내가 문학詩을 하게 된 시초의 원인은 보통학교 수창壽昌 4학년 때 일이다. 4년간을 정근精勤에 성적도 우등생이었기 때문에 담임 선생에게 여간 총애를 받지 않았다.

그런데 하루는 너무 심한 장난을 하다가 교무실에 불려가서 호되게 꾸지람을 듣는 판인데 선생도 몹시 골이 났는지 나가라면서 뒤에다 대고 "죠센징와 시요가 나이―조선인종은 할 수 없단말야" 내뱉듯이 역정이 나는 말투로 쏘아 붙였다.

이 말이 어린 마음에도 뼈에 사무치도록 서러웠다. 어리다 해도 그 때는 이미 중학교를 졸업할 나이였으니까.

내가 공부도 잘 해, 또 그렇게 귀여워하면서도 저런 욕을 하는 것은 역시 선생이라도 일본인은 우리를 업신여기는구나 싶어서 그만 성격性格이 나도 모르는 사이에 어둡고 우울해지고 말았다. 아마 나에게 큰 충격을 주었던 모양이다.

4년을 수료하고 고보에 들어가서도 짙은 그림자가 전신을 내리덮어 어슴

---

* 이설주, 같은 책, p.76.

푸레하게나마 약소민족이라는 비애가 나로 하여금 어쩔 수 없이 책을 읽게 했던 것이 아닌가 싶다.

　그러한 원인遠因도 있겠지만 보다 더 상화尚火 형님에게 음으로 양으로 받은 영향影響이 실로 절대적이라고 하겠다.[*]

　이상 ①② 인용문은 아주 구체적으로 사실을 기술하고 있다. ①에서는 고등계 형사 김의동, 그리고 인용에서는 제외되었지만 자기를 더 악질적으로 고문한 이동춘李東春이라는 자의 성명도 명기하면서 이 사람들은 그 후 하나는 병사하고 하나는 낙마하여 죽었다는 사실까지 밝히고 있다. 인용 ②는 '조센징 시요가 나이'라던 선생의 말, 그것도 자기를 우등생이라며 아주 사랑스러워하던 선생님의 입에서 나오는 말을 듣고 받았던 배신감의 토로다. 약소민족으로서 살아갈 수밖에 없었던 한 시대의 서러움이 선명히 드러난다. 이런 것들이 감수성이 강하고 수재로 이름난 이 문학 소년을 자조와 자학적 행동으로 내몬 중요 원인으로 판단된다. 이설주가 초등학교 4학년을 수료하고 경북중학(대구고보)에 갈 수 있었던 것은 수재로 그 이름이 신문에 날만큼 성적이 우수했기 때문이라고 그를 알고 있는 몇몇 동창들이 증언했다.

　〈자화상〉〈황하일모黃河日暮〉〈압록강鴨綠江〉 등의 작품에 이설주의 이런 시의식이 잘 드러난다.

　키가 커서 훨씬
　반마班馬같이 슬펐으며
　마음이 여린 탓에
　거미줄이다

---

[*] 이설주, 〈문학적 향수〉, pp.21~22.

때로는 구름위로
한사 솟으려다

눈물을 바다만큼이나
세월의 아픔을 산만큼이나.

— 〈자화상〉에서.

호궁이 우는 강나루
젖빛 향수에 젖어
놀 비낀 돛폭이 졸며간다

백조白鳥가 떼를 지어 날아오면
고기잡이 돌아서는
붉은 황토물

뱃노래 쉬어쉬어 늙은 사공아
상기도 물길은 구름 천린가

— 〈황하일모〉 전문.

둘째 문제는 첫째 문제보다 이 시인의 이름을 문학사에서 배제시키는
더 결정적 역할을 했다. 왜냐하면 '다작은 곧 범작이다' 라는 등식은 성
립되지 않기 때문이다. 다작을 해야 수작이 생산될 수 있다는 주장도 상
당한 설득력을 획득하고 있는 논리이다. 그리고 이 시인이 1948년 전후
4권의 시집을 상재할 수 있었던 것은 1932년 등단이후 창작된 작품이 많
았기에 이뤄진 성과였을 것이다. 그러니까 초기의 작품까지 다작의 소산

으로 볼 수는 없다. 그의 방랑생활이 10년을 넘는 까닭이다. 이렇게 볼 때 이설주의 시가 제대로 평가를 못 받은 이유는 문단의 누구와도 교우하지 않는 자존심과, 자신이 시창작에 들어선 자부심이 남달랐던 동기에 있는 것이라고 봐야 한다. 이 문제에 대해 시인 자신은 이렇게 술회했다.

해방 전까지는 방랑생활로 문단과는 전혀 인연이 없었는데 해방직후 한번, 〈영남일보〉에 〈순이의 가족〉이라는 시 한 편을 보냈다. 물론 아는 사람이라고는 아무도 없고 그저 보내본 것이다.

열흘, 스무날, 한 달이 지나도 영 감감 소식이 아닌가. …(중략)…

그래서 나는 치사하고 째째해서 아예 작품을 발표 안하기로 했는데 어떻게 해서 또 한 번은 서울에 와서 민성사民聲社에 간 일이 있었다. 박영준씨가 〈민성〉을 편집하고 있을 땐데 영준씨는 나를 기억하는지 몰라도 내가 만주 반석에 있을 무렵 그도 이곳 모처에 근무하고 있어서 …(중략)… 하여간 시두 편을 주고 왔다. 이것도 앞에 말한 《영남일보》의 경우와 마찬가지 결과가 되고 말았다. …(중략)…

그 후부터 문단이란 아주 영토가 좁고 너무 옹졸하고 인색한 사람들끼리 모인 단체인가보다 짐작하고 일체 그들과 교제를 안 했다.

대구에도 이윤수, 이호우, 박목월이 하는 《죽순竹筍》이란 동인지를 비롯 《무궁화》《건국공론》 같은 몇몇 종합지가 있었지마는 한 번도 가본 적이 없다. 도대체 문학을 한다는 족속들의 꼴도 보기가 싫었다. 지금도 시단은 줄을 쳐놓고 인정도 아량도 없는 메마른 그런데가 아닐른지 모르겠다.[*]

이 인용문에 나타나는 특징이 몇 개 있다. 첫째 무대가 지방이다. 둘째 작품으로 승부를 봐야하는 프로세계, 그것을 이설주 특유의 문학적 정열로서 풀어가려 했다. 셋째 문단의 추천과정을 거치지 않은 채 일본시단의 경력만으로 자기의 시를 자천함으로써 문단 진입이 어렵게 되었다.

사정이 이러하지만 이 시인은 생전에 많은 시집을 출판했다. 이런 점은 아마 이 시인이 대구의 토호집안의 사위가 되었고,** 대구고보를 나와 일본 유학, 대구의 명문 경북여고에서 교편을 잡았고, 일찍이 민고사民鼓社와 같은 출판사에 관여했고, 대구에서 제일 큰 서점인 문화서점을 그의 부인이 경영하여 크게 성공했던 사정 등과 무관하지 않을 것이다. '민고사'라는 이름은 이제 어디에도 나타나지 않지만 '민고民鼓'라는 말이 뜻하는 의미와 이설주의 최초의 시집이 '백성들이 울리는 북소리'라는 출판사에서 나온 사실은 이런 시인의 태도와 잘 호응된다. 이런 조건이 이 시인을 애초부터 홀로 설 수 있게 만들었던 것이다.

그러나 이런 언급은 추측에 지나지 않는다. 문학연구를 작가의 자전적 해설에 따르는 것은 문학연구의 객관성을 무시하는 행위이다. 이른바 의도의 오류Intentional fallacy이다. 이런 점을 뛰어넘기 위해 다음 두 장이 준비되었다.

3. 북방파 시에 나타나는 방랑적 성향의 지속과 변화

해방전의 이설주에게 전부였던 이 외방지향의 향수 문제가 우리 시에 넘나들기 시작한 것은 한국 현대시의 형성기라 할 수 있는 1920년대 중기부터이다. 외방지향을 공간적 배경으로 하는 시 세계가 바로 이런 모티프의 덩어리이다.

억조창생이 별 같이 사는 이땅
어찌 내 혼자만이 아니겠거니
이땅의 억만시름 네 혼자 사궛더냐

---

* 이설주, 같은 책, pp.135~139.
** 이설주의 부인 서귀회徐貴會는 남편보다 2년 연상이다. 이설주의 장인은 대구의 토호 달성 서씨(대구 서씨)의 종가댁인데, 이설주가 신문에 그 이름이 날만큼 수재라는 소문(초등학교 4년 수료하고 수재들이 가는 경북중학에 입학)을 듣고 결혼을 시켰다고 따님 이일향이 증언했다.

저 산기슭 걸린구름 무겁기도 하이

억만시름 너에게로 왔더냐
네 억만시름 달래였드란

기인 시름이 내 맘을 싸고 도니
내마음 하늘로 날러 날러라

—〈여정〉전문.[*]

　이 시를 지배하는 이미지는 밝고 가볍다. 서정적 자아는 엄혹한 현실
에서 일탈의 기쁨을 맛보듯 유쾌한 나들이를 하고 있다. 하지만 그 서정
적 자아는 숱한 걱정, 억만 가지 시름 때문에 어딘가로 떠돌아야 불편한
심기에서 벗어날 수 있는 신세다. 이런 점에서 이 시는 단순한 서정시가
아니고, 그 내포는 민족 공동체의 어떤 비극적 서사와 끈이 닿아 있는 그
런 엘레지elrgy이다. 외연과는 달리 가느다란 우울의 기운이 낭만으로 위
장되어 있다.
　일찍이 김억이 '로맨틱한 서사시'라고 평한 바 있는 김동환의 시도 출
발부터 이런 성격에 가 있었다. 이런 성향의 파악을 위해 파인의 등단작
〈적성赤星을 손까락질하며〉를 한번 살펴볼 필요가 있겠다.

　북방北國에는 날마다 밤마다 눈이오느니
　회색灰色하늘 속으로 눈이 퍼부슬 때마다
　눈속에 파뭇기는 하연 북조선北朝鮮이 보이느니
　가끔가다가도 당나귀 울리는 눈보라가

* 이설주 『방랑기』 p.54

막북강漢北江 건너로 굵은 모래를 쥐여다가
추움에 어엇하는 백의인의 귀뿔을 때리느니

춥길래 멀리서 오신 손님을
부득이 만류도 못하느니
봄이라고 개나리꽃 보러온 손님을
눈발귀에 실어 곱게 남국에 돌려 보내느니
백웅白熊이 울고 북랑성北狼星이 눈깜박일 때마다
제비 가는 곳 그립어하는 우리네는
서로 부둥켜 안고 적성赤星을 손까락질하며 빙원氷原벌에서 춤추느니—

모닥불에 비치는 이방인異邦人의 새파란 눈알을 보면서
북극北國은 춥어라, 이 치운 밤에도
강江녁에는 밀수입마차密輸入馬車의 지나는 소리 들리느니
어름짱 깔니는 소리에 쇠방울 소리 잠겨지면서

—〈적성을 손까락질하며〉에서.

　　이 시는 1924년 3월 10일 '어두만강반於豆滿江畔'에서라는 주註를 달고 《금성金星》3호에 발표되었던 파인의 시단 데뷔작이다. 시의 새로운 지평을 열겠다는 파인의 야심은 당시 황량한 국경 지대로 유랑의 길을 떠나야 했던 민족적 비극의 현장으로 시선을 돌린 데에 시사적 의의가 있고, 또 그렇게 뿌리뽑혀가는 사람들의 암담한 상황을 형상화했다는 점 역시 의의를 지닌다. 민족적 비극을 상징하는 '북국北國'이라는 이미지에서 파인이 보여주는 정신적 경험이 낭만적 성정의 노출 현상을 보여주듯 귀착됨으로써 로맨틱한 성향이 더욱 강하게 형상화되었다. 시제詩題가 주는 의미는 차치하고서도 '북국, 막북강, 북랑성' 등의 이미지가 '북조선, 백

의인' 등의 심상과 호응되면서 유랑의 행색이 이국적 분위기로 변모된
다. '적성을 손까락질하며 빙원벌에서 춤추는 것'이나, 눈이 내리는 진
한 우울의 성정은 침울, 몽롱의 이미지와 공통분모로 묶여진다.

이런 공상적, 신비적, 북극적 정서가 즐겨 서식하는 한만국경지대에서
파인은 낭만과 우울로 그가 당면한 불행한 세계에 반응했다. 이런 포에
지는 1930년대로 오면서도 지속되고 변화된다. 곧 김동환이 낭만적 성
정을 여전히 심화 지속시킨다면(《송화강 뱃노래》) 다른 시인의 작품에서
는 그 세계가 변화되는 시의식을 허다하게 발견한다. 《이국녀》에 수록된
이서해의 거개의 작품이 그러하고, 앞에서 언급한 바 있는 북방파의 여
러 작품은 물론 김소월, 김억의 시에까지 이런 모티프가 나타나다가 시
단 전체로 확산된다. 이설주의 《들국화》와 《방랑기》두 시집에 수록된 작
품이 이런 사정을 잘 말해준다. 이찬의 〈눈밤의 기억〉, 조영출의 〈국경의
소야곡〉과 같은 시에서도 북국정서는 외방지향의 성정으로 처리된다.
우선 몇 작품을 통해 이런 점을 더 넓게 살펴보자.

①
혼자 산山곬에 자욱히 눈이 덮혀
아늑한 김속에 가만 눈감고 몸 담그면

아! 이땅에
이리도 끓는 혈관이 도는구나

주을朱乙아 또 나는
내일이면 북만北滿으로 가야한다.
　　　　　　　　　　　　　—이설주, 주을온천〈朱乙溫泉〉전문.[*]

②
님 홀로 보내고서 도라서는 부두埠頭에
너도 울어예느냐 외론 물새야

물길이 천리千里라서 구름도 쉬여가고
저녁노을 아득히 눈이 부시네

떠나는 저뱃길에 깜박이는 별 하나
어느때 만나라는 기약期約이 드뇨

　　　　　　　　　　—이설주, 〈天津埠頭〉전문.*

③
새벽 하늘에 구름장 날린다
에잇, 에잇, 어서 노 저어라 이 배야 가자
구름만 날리나
내 맘도 날린다

돌아다 보면은 고국이 천리런가
에잇, 에잇, 어서 노 저어라 이 배야 가자
온 길이 천리나
갈 길은 말리다

　　　　　　　　—김동환, 〈송화강松花江 뱃노래〉에서*

* 이설주, 《방랑기》p.30.
** 이설주, 《들국화》p.40.

④

길─고긴 두만강 반豆滿江畔에 해는 점으러, 해는 점으러

나그네의 목메인울음 여울물소리에 고요히 잠기운다

참외껍질 벗기는 나그네 실음 눈물이 차거워라

…(중략)…

강반江畔에 홀로앉인 내나라 여인내에 방망이 소리 외로웁다

푸른 평원平原 좁은길로 풀짐지고 사람들 무리무리 돌아가고

고기잡이 지나인支那人은 낙시대를 걷우고 귀로를 더듬는다

밤으로 낮으로 흐르는 물소리는 내형제의 마음을 얼마나 흔들으나

이역異域에 잠드는 그들의 머리맡에 물소리 그리우랴?

눈물을 뿌리고 건너온 그 고국이 그곳이 그리워서 그리워서

　　　　　　　─이서해, 〈두만강반豆滿江畔에 해는점으러에서〉에서.**

⑤

국경에 밤이 짙어 강물이 자네

스산한 밤바람에 달빛도 자네

강건너 마을의 개울음도 슬픈 밤

나그네 외론 넋이 눈물에 젖네

남쪽은 내고향 북쪽은 이역異域

국경에 지는 꿈은 스산도 하네

───────

　* 김동환, 〈송화강 뱃노래〉(《삼천리》), 1935.3).

** 이서해李瑞海, 《이국녀異國女》(한성도서주식회사, 1937), pp.13~14.

님싣고 사라진 배 물새가 울면
이별이 눈물이라 수건이 젖네

가을밤 지는 잎은 이 마음이지
외로움에 울며붙며 강물에 뜨네

국경에 밤이 짙어 총소리 잘 때
이역異域의 아낙네의 꿈결이 곱네

　　　　　—조영출, 〈국경國境의 소야곡小夜曲〉 전문.[*]

　시 ①, ②를 지배하는 시의식은 초탈과 일탈이다. 그리고 그 서정적 자
아는 길에 오른 나그네다. 세상에 대한 미련, 인간사에 대한 집착을 버리
고 표표히 길을 떠나온 사람이다. 모든 걸 버렸으니 원한이나 미련이 있
을 수 없다. 그리고 이 나그네의 길은 한만국경지대에서 북쪽으로 아득
히 열려있다.

　시 ③은 긴 수행에서 돌아오는 탈속한 수도자의 모습이라할까. 시어의
톤이 아주 밝고 가볍다. 이제부터 대할 세계에 대한 많은 기대감 때문일
것이다. 이 기대감이 천리길 만리길도 무섭지 않게 한다. 서정적 자아는
기대의 세계를 향한 희망으로 부풀어 있다. 그러나 '마음을 에잇 에잇'
날리며 떠나는 행동은 예사롭지 않다. 초탈과 일탈이 시적 변용을 거쳤
지만, 〈적성을 손까락질하며〉나 〈국경의 밤〉에 나타나던 몽환적 외방지
향성과 다르다. 다같이 방랑을 모티프로 하고 있다. 시 ①, ②에는 자기
의 텃밭에서 밀려나는 인간사의 내력이 내비친다. 이설주의 북방시편들
을 파인의 〈적성을 손까락질하며〉나 〈국경의 밤〉과 묶어 그 변화refrac-

---

[*] 조영출趙靈出, 〈국경의 소야곡〉(《신여성》, 1933. 10).

tion로 보는 근거는 이런 점 때문이다.

시 ④에서는 외방지향의 방랑기질이 감정과잉 형태로 나타나고 있다. 미지의 세계를 접한 시의식이 과거와 만나면서 시상이 감상조로 변하고 말았다. 이것은 서정적 자아가 자신이 처한 현실에서 도망하듯 떠나지 않으면 안되었던 어떤 사정 때문이 아닐까. 나그네가 되고 이역에서 외로워하고, 강가를 홀로 거닐어야 하는 이유가 고국을 떠나왔기 때문이다. 그렇다면 어떤 사정이 이 시의 서정적 자아를 외방으로 내몰았을까. 이 시에서 여기에 대한 답을 찾아내는 것은 쉽지 않을 듯하다. 그저 외로워하며 방랑만 하는 서정적 자아는 세상 속에 생을 던져버리고, 세월 위에 삶을 맡겨버린 인간의 모습이기 때문이다. 그런데 왜 1930년대 말에 들어서면서 이런 감상과잉의 외방지향의 시가 무더기로 나타났을까.

시 ⑤의 조영출의 〈국경의 소야곡〉도 이런 작품 중의 하나이다. 시 ⑤도 시의식이 감상과잉의 외방지향으로 표출되는 점은 이설주의 〈주을온천〉이나 〈천진부두〉와 같고, 시④와도 같다. 또 표현형식의 평범성에도 불구하고 감정의 강력함이 우리들의 흥미를 끌어당기고 있는 점 역시 동일하다. 그리고 이런 시의 주제가 우리의 마음을 뒤흔들어 놓은 것은 그 시상이 대체적으로 3·4조 내지 4·4조의 운율을 타고 세상사의 흐름 속으로 들어가는 까다롭지 않은 형식 때문이다. 그런가하면 낭만적 정조, 한만국경지대에서 경험하는 외방지향적 모티프가 시를 지배하는 정체를 해석할 어떤 단초를 마련한다. 여기에 대한 답, 다시 말해서 1930년대 말에서부터 무더기로 나타나는 북방지향의 방랑모티프에 대한 보다 확대된 논의를 위해 이설주의 북방시가 텍스트로 선정되었다.

4. 유랑과 방랑, 그 북방지향 정서의 정체

이설주의 첫 시집 《들국화》와 두 번째 시집 《방랑기》에 수록된 작품 대부분이 이 시인이 북만지대를 방랑하던 체험을 모티프로 하고 있다.

우선 시집의 이름이 된 두 작품을 찬찬히 음미해 보자

물래방아 소리 들리는 낮으막한 두던에
외로이 핀 들국화菊花야!

너는 언제나 고향故鄕이 없고나.

너와 함께 우는 이슬비
너를 어루만져 줌은 가는 실바람

길 잃은 망아지 엄매 우는
몇구비 돌아 나간 길우에

멀리 황혼黃昏이 묻어 들면
애수哀愁의 구름이 네 무덤을 덮어 ―.

―〈들국화〉 전문.[*]

숭가리 황혼黃土물에 어름이 풀리우면
반도半島 남南쪽 고깃배 실은 낙동강洛東江이 정情이 들고

산山마을에 황혼黃昏이 밀려드는 저녁답이면
호롱불 가물거리는 뚫어진 봉창이 서러웠다

소소리바람 불어 눈 날리는 거리를

---

* 이설주, 〈들국화〉(민고사, 1947, 대구), p.63.

길 잃은 손이 되어

몇마듸 주서모은 서투른 말에 꾸냥姑娘이 웃고 가고

행상行商떼 드나드는 바쁜 나루에 물새가 울면

외짝 마음은 노상 고향故鄕하늘에 구름을 좇곤 했다

—〈방랑기放浪記〉 전문.[*]

위의 두 시를 지배하는 시의식은 다 같이 상실감이다. 〈들국화〉의 들국
화는 고향이 없고, 〈방랑기〉의 서정적 자아도 고향을 잃어버린 나그네이
다. 들국화는 찬 서리 내리는 산야 언덕에 홀로 피어있고, 〈방랑기〉의 서
정적 자아는 바람불고 눈발 날리는 황혼의 거리를 헤맨다. 마음은 늘 고
향하늘을 좇고, 산마을 저녁 무렵 호롱불이 켜지던 방을 생각하지만 몸
은 숭가리松花江의 황톳물을 보며 고향의 낙동강을 떠올리며 흘러 다녀야
하는 방랑객 신세이다. 들국화, 고향, 바람, 길, 구름, 황혼, 나루…… 이
런 어휘들이 사라지고, 소멸하는 시의식과 호응을 이루고 있다. 그리고
이 두 시의 서사는 다 같이 여행기로 되어 있는 형태도 동일하다.

한편 이 두 시에는 현실에서 오는 긴장감이 없다. 현실적으로는 떠도
는 몸이지만 고향은 행복했던 과거, 과거에 대한 낭만적 향수로 인식되
어 있다. 물레방아, 호롱불, 그리고 고향언덕의 들국화까지 노스탤지어
의 대상으로 소환하고 이를 통해 현실의 쓸쓸함을 나그네의 광풍제월기
로 육화하고 있다. 상처받은 흔적도 원한에 찬 어떤 기도도 없다. 그러나
이런 점은 이 시의 외연外延이다.

이 두 시의 내포內包는 방랑의 페이소스(pathos, 애수, 비애)이다. 방랑
의 페이소스는 '행복했던 과거' 형태로 과거를 끊임없이 환기하여 현재

---

[*] 이설주, 《방랑기》(계몽사, 1948, 대구), pp. 18~19.

의 불행을 잊으려 한다. 이 페이소스는 그 자체로 과거지향적이다. 방랑의 페이소스는 과거에 대한 노스탤지어와 현재에 대한 부정이라는 이중적 운동을 통해 과거를 끝없이 지연시키려한다. 그래서 이 페이소스 속에서의 시적 자아의 현재는 아무런 의미도 찾아낼 수 없는 텅빈 공간이될 수밖에 없다. 따라서 시적 자아는 끊임없이 무언가를 찾아 나서게 된다. 현재를 부정하는 삶, 이것이 방랑의 페이소스가 구성하는 삶이다. 방랑의 페이소스가 구성하는 이러한 미화된 과거는 결국 현재의 소거消去라는 시의식으로 귀착된다. 과거와 현재의 왕복운동을 해보지만, 어떤미래도 발견할 수 없기 때문이다.

　이설주의 다른 작품에도 방랑의 페이소스가 바탕에 깔려 있다. 그러나그것을 넘어서는 엄혹한 현실이 시대상과 대립되면서 형상화된다.

　　눈보라 사나워 야윈 볼을 깎고
　　빙판에 말굽이 얼어붙는
　　영하 50도 새북만리塞北萬里에
　　유랑의 무리가 산동고력山東苦力(쿠리) 처럼 흘러간다

　　일본서 또 무슨 개척단이 새로 입식入植한대서
　　고국을 모르는 백의동포들이
　　할어버지때 이주해서 삼십년이나 살았다는
　　남만南滿 어느 따사로운 촌락을 쫓겨
　　북으로 북으로 흘러가는 무리란다

　　밀가루떡 한 조각이면 그만이고
　　도야지 족 한쪽만 있으면 생일잔치라는
　　흙에서 살아 흙을 아는 사람들이다

고국은 몰라도 한 평 농토만 있으면
내 고향이라 믿는 백성

고국을 몰라도
고향을 의지하고 사는 농민
눈보래 사나워 야윈 뿔을 깎고
빙판에 말굽이 얼어붙는
영하 50도 새북만리塞北萬里를
몇차례 눈물을 헐치고
또 다음 고향이 바뀌려한다.[*]

이 〈이민〉은 같은 시집의 《이앙移秧》과 함께 당시, 만주의 이주농민이 생활고에 시달리던 궁핍한 삶의 사정을 사실적으로 문제삼고 있다.

흔히 1920년대 문학을 일컬어 '궁핍의 문학'이라고 말한다. 궁핍한 시대의 여러 삶의 문제들을 문학에서 직접적으로 다루었기 때문이다. 그러나 1920년대의 궁핍은 1930년대 말에서 40년대 초에 걸친 궁핍만큼 심각하지 않다. 우리가 잘 알 듯이 1930년대 말기부터 한반도는 일제가 준비하던 전쟁의 보급창고로 바뀌고 있었고, 만주 역시 그러한 계획아래 농민을 이주시키거나 만주는 모두 쌀 밭이라며 이주를 획책하던 시기였다.

우리 문학에 있어서의 궁핍의 문제는 주로 농민문학의 주요 테마였다. 가령 반평생을 농민소설 창작에 바친 이무영이 1940년 4월에 발표한 〈흙의 노예〉에는 아들의 논 살 돈이 약값으로 들어갈까 봐 양잿물을 먹고 자살하는 김노인이 나오고, 1944년 간도間島에서 출판된 안수길의 창

---

[*] 이설주, 《들국화》(민고사, 1947), 〈이민〉 전문, pp.23~24.

작집 《북원北原》에 수록된 여러 단편에는 가난을 면하기 위해 딸을 중국인 지주에게 팔거나 자기 논을 지키기 위해 총알이 날아오는데도 벼포기를 안고 논바닥에 들어 눕는 사건이 벌어진다.

시의 경우 우리가 잘 아는 이용악의 〈전라도 가시내〉, 서정주의 〈만주에서〉, 오장환의 〈북방의 길〉, 이찬의 여러 북방시편이 모두 이런 궁핍을 문제삼고 있는 명편들이다. 또 백석이 1939년에 《조선일보》에 발표한 〈팔원八院〉에 나오는 손잔등이 밭고랑처럼 터진 계집아이도 입하나 덜려고 내지인 주재소장 집에서 밥을 짓고 걸레를 치고 아이보개를 해야했고, 조지훈까지도 '내가 간 뒤에는 면서기面書記가 새하얀 여름모자를 쓰고 산밑 주막에서 구장區長과 막걸리를 마실게고 나는 서울 가는 기차 속에서 고향을 잃은 슬픔에 차창車窓에 기대어 눈을 감을 것이니 이 령嶺을 넘는 날 나에게는 낡은 추렁크와 흰구름 밖에는 아무도 따라오질 않을 것이다'*라며 객지로 떠나야 하는 시의 서사도 1940년대 전후의 이런 심각한 상황을 문제삼는 작품이다.

1940년대 무렵, 한국문학의 밑바닥에 흐르고 있던 이상과 같은 흐름을 전제할 때 이설주가 〈이민〉과 〈이앙〉에서 문제삼고 있는 상실과 이별의 페이소스는 궁핍의 서사를 통해 결핍에 대한 두려움에서 탈출하고, 자기를 보존하고자 하는 욕망강화의 대응방식, 또는 현재를 검증하려는 현실주의식 시적 반응이라 할 수 있다.

이설주의 북방시는 이런 점에서 한시대의 큰 흐름과 함께 간다.

다른 작품을 통해서도 이런 문제를 더욱 심화, 논증할 수 있다.

어너누가 기대린다고

고향故鄉도 버리고 찾아 온 만주 滿洲

---

* 조지훈趙芝薰, 〈남국기행수첩 령嶺〉, 《동아일보》, 1940.5.7.

어인고 참새 입알만한
네 죄그만 창자를 못채워주나뇨

묘망渺茫한 들이 길게길게 뻗어 있어도
네몸 하나를 뉘어줄곳 없구나
내 팔뚝이 거센 파도波濤 처럼 억세건만
떠나는 너를 잡을길이 없었드라

순이順伊야
너는 새땅을 찾아 아비와 어미를 따라
다시 멀리 북지北支로 가버리었지

바람도 자고 별도 조을고
참새 보금자리에 꿈이 깊었는데
우울憂鬱한 침묵沈默과 폐선廢船의 만가輓歌가 저류底流하는 이방房안이여

내마음 기름같은 고독孤獨을 안고
이밤에 만리장성萬里長城을 넘고 백하白河를 건너
운연雲煙이 막막漠漠한 북北녘 하늘로 향向했도다

독사毒蛇같은 쇠기가 잠겨있는 탁류濁流에
노櫓를 잃은 가엾은 순이順伊야
만수산萬壽山 허리에 행여 고량高粱을 심었거든
가을 바람에 네 기쁜 노래를 부쳐다오   —〈이주애移住哀〉 전문.*

여성 화자 '순이'를 부르는 정조가 이용악의 〈전라도 가시내〉와 유사

하고, 그 처연한 정조가 미당의 〈밤이 깊으면〉의 숙淑이를 연상시킨다. 백하, 이도백하 그 아득한 북방 지대에는 아직도 조선인들이 야만의 상태로 살아가는데, 이 시의 서정적 자아는 60여 년 전 한 알의 풀씨앗처럼 그 땅으로 흘러가 순이를 부르고 있다. 참새 입만한 배도 못 채우는 가난함, 만가輓歌가 흐르는 듯한 허물어진 방안에서 이 시의 퍼스나는 회한과 애수에 몸서리를 친다. 북지로 떠나는 순이를 잡지 못하고, 자신도 구름과 연기만 자욱한 낯선 북쪽으로 살 길 찾아 왔단다. 처연함과 깊은 페이소스의 시상이 여타 시인들의 북만 체험의 그것과 하나도 다르지 않다.

앞에서 말했듯이 이설주 시인은 '니혼대학(日本大學) 재학중 사상범으로 체포되어 옥고를 치른 후 만주로 가서 해방전까지 만주 중국대륙을 방랑하다가 광복 후 귀국하여 교직에 있으면서 강한 현실참여적인 작품을 주로 썼다'.** 《방랑기》의 발문跋文을 쓴 영화배우 춘사春史 나운규羅雲奎도 이설주를 가리켜 '20여년의 세월을 만주 등지에서 방랑을 하고 돌아온 시인'이라고 말했다. 시집의 발문을 연극·영화인이 쓴 것은 희귀한 일이다. 그러나 춘사春史는 보통 영화인이 아니다. 일찍이 그도 만주를 떠돌며 상방喪邦의 슬픔을 달래다가 독립군이 되어 민족을 위해 목숨을 바치려 했던 청년이었다. 이설주의 행적도 크게 보면 같다. 또 이설주가 한때 연극과 영화에 상당한 관심을 가졌고 활동도 했던 이력이 나운규로 하여금 이런 발문을 쓰게 했을 것이다.***

1920년대 말의 민족 정서의 한 상징이라 할 수 있는 영화 〈아리랑〉은 춘사 나운규가 감독을 했고, 주연을 했다. 우리가 잘 알 듯이 이 영화는 일인 앞잡이 지주가 농민을 수탈하고, 순진한 처녀까지 겁탈하려 하다가 주인공의 낫에 찔려 죽임을 당한다는 줄거리로 되어 있다.

---

* 이설주, 〈방랑기〉(계몽사, 1948, 대구), pp.94~97.
** 따님 이일향은 어린시절 여차하면 형사들이 집으로 들이닥쳐 가택수색을 했고, 때로는 천장까지 뒤지는 통에 온 식구가 진저리를 쳤으며, 그래서 시를 쓰는 아버지가 원망스러웠다고 회고했다.
*** 이설주, 자전적 시화집 《문학적 향수文學的 鄕愁》(갑인출판사, 1999), '배우와 댄서' 항 참조.

이런 점에서 이설주의 《방랑기》의 발문을 쓴 나운규의 글은 이 시인의 시적 배경이 어떠하다는 것을 설명해 주는 일이 될 뿐만 아니라, 이 시인이 그곳에서 어떤 성향의 활동을 했던 가도 객관적으로 증명해 준다. 필자도 생전에 이런 말을 이 시인으로부터 직접들은 바 있다. 그러니까 밀려 다니는 농민의 서사, 〈이주애〉는 바로 시인 자신의 이런 북방지대의 체험기가 바탕이 된 작품이다.

5. 마무리

시인 이설주는 해방기 대구시단을 이끈 시인이다. 《들국화》(1947), 《세기의 거화炬火》(1947), 《방랑기放浪記》(1948) 등으로 대구문단에 활기를 주었고, 한국전쟁기에는 김용호金容浩와 1953년도 《연간시집》《현대시인선집》 상·하 두 권을 간행했고, 1954년도 《연간시집》을 유치환柳致環과 공편했다. 한국전쟁기에 서울의 많은 문인들이 대구로 피란을 왔던 사정을 감안하면 이설주의 이런 문단활동은 짧지만 한국문단의 한 시기를 대표했다고 할 수 있다. 이상 4권의 엔솔로지는 총 2,500쪽에 달하는 책으로 1950년대 초기 한국시단을 조감할 수 있는 거의 유일한 자료이다. 이런 점에서 이설주는 이와 상응하는 문학사적 평가를 받아야 한다.

《들국화》와 《방랑기》는 북방파의 외방지향의 정서가 노스탤지어로 육화되고 있는 시집이다. 한편 이 두 시집을 지배하고 있는 시의식은 이향離鄕과 방랑放浪의 페이소스인데, 이것이 이설주의 시에서는 과거에 대한 노스탤지어와 현재에 대한 부정이라는 이중적 운동으로 서정적 자아를 텅빈공간으로 내모는 요인으로 반응했다. 그리고 이런 방랑의 페이소스가 구성하는 미화된 과거는 결국 현재의 소거消去라는 시의식으로 귀착했다.

이런 점은 1930년대말기부터 한국문단에 나타난 북방파 시인들의 작품에서 공통적으로 발견할 수 있는 시의식인데 이설주 시에서 유독 집중적으로 나타난다. 그런데 외연으로만 보면 감상 과잉의 외방지향으로 표출되지만, 그 내포는 과거를 끊임없이 환기함으로써 현재의 불행을 잊으려는 한 시대상으로 응축된다. 따라서 이설주의 이런 성향은 북방파 시문학이 거둔 주요한 성과의 하나로 평가 되어야 한다.

이설주의 초기시에 나타나는 다른 하나의 정체正體는 일제강점기 이땅의 민초들이 당면했던 커다란 재앙, 그러니까 민족만 있고 국가는 없는 상실감이 서사화되는 시의식이다. 이것 역시 북방파 시인들의 특성이지만 이설주의 경우는 시인의 삶 자체를 지배한 요인이 되었다. 초기에는 이런 점이 이 시인을 고독한 방랑객으로 내모는 동인이 되었고, 후기로 오면서는 문단 밖에서 혼자 참여를 시도하다가 지방문인으로 소외되는 결과를 만들었다.

일본문단을 통해 시인이 되고 주로 대구라는 지역사회에서 활동하면서 문단을 외면했던 이설주는 자신의 그런 문학적 위치와는 다르게 왕성한 창작활동을 했고, 그 결과 많은 시집을 출간했다. 이런 점이 그의 문학행위를 마침내 고독한 존재로 머물게 하였다. 문학적 자존을 끝까지 은자적 기질로 지켜나간 자존심이 인간적으로도 문학적으로도 소외되는 결과를 낳았기 때문이다. 그러나 그의 초기문단활동은 한국문단의 주요 멤버로 평가되어야 할 것이다. 바로 《들국화》와 《방랑기》의 시절이 그러하다.

지금까지의 논의를 다음과 같이 정리할 수 있겠다.

첫째, 이설주의 초기시, 곧 《들국화》와 《방랑기》에 수록된 대체적인 성향은 불행한 이 나라 사람들이 저마다의 가슴에 안고 살았던 한과 설음을 혈연의 정의로 형상화한 낭만적 정서가 지배하는 서정시이다.

둘째, 서정시라고 하지만 그 내포는 민족공동체의 슬픈 운명을 가장 인간적인 정서로 비판하고 있다는 점에서 현실 참여적 저항시의 성격을 지닌다.

셋째, 이설주의 초기시는 1930년대 말 1940년대 초 한국시단에 대거 등장했던 북방파의 시의식과 동일하다는 점에서 그 시사적 의의가 부여되어야 한다.

넷째, 이설주의 시에 두드러지게 나타나는 방랑 기질과 허무주의는 민족허무주의적 색채를 연상시킨다. 그러나 그런 허무주의와 애상은 그가 살았던 시대와 사회에 대한 정면대응을 우회한 시적 반응임이 드러났다. 따라서 그의 감상성은 너와 나를 하나의 운명으로 결합시키데서 오는 민족문학적 시각에서 접근되어야 한다.

이설주는 꽃 피는 4월에 태어나 같은 달에 세상을 떠났다. 그의 출생과 죽음의 인연이 그의 성품 같고, 그의 시풍 같다. 온화하고 낭만적이고, 봄바람 같다. 그가 평소 아꼈다는 〈4월에〉를 그의 3주기에 바친다.

　　떠날량이면
　　4월에 떠나라

　　벗꽃 그늘 아래
　　옛 친구들 오순도순 모여 앉아
　　술잔 오가다 알맞게 취하거든
　　한 세상 즐겁게 살았으니
　　하직 인사도 그럴 듯 하게
　　다정한 벗들이여!

　　꽃이나 한 가지 들고
　　거나한 기분으로
　　고향에 가듯

그렇게

아름다운 계절

4월에.

※ 필자와 생일이 같고(4.12) 동향의 대선배(경북고)이신 이 시인에게 나는 생전에 간
   도에서 살았던 내력을 듣다가 '이설주론'을 한 번 쓰겠다고 약속한 바 있는데 그 언
   약을 이제야 지키게 되어 매우 기쁘다.

1908년 4월 12일 대구 수동에서 출생.

1929년 대구고보 졸업.

1931년 5월 1일 일본 동경 아자부(麻布) 록뽕기(六本木)에서 전단을 뿌리다가 체포, 간다(神田) 경찰서에 구금.

1932년 동경에서 《신일본민요》지誌에 〈고소古巢〉 발표.

1934년 일본대 경제과 졸업. 대구로 귀향.

1934년 문학책(일본시집)을 판돈 17원을 가지고 만주로 떠남. 길림성 반석盤石에서 처남이 경영하는 농장일을 봄. 반석학교 교가 작사. 반석현 임시직으로 있으면서 중국인을 때려 위기에 처함. 목단강 근처 백기만白基萬이 경영하던 가신嘉信 농장과 청마靑馬가 관리하던 유치환柳致環의 농장을 드나듦. 길림성 강남, 오종식吳宗植이 감사역으로 재직하고 있던 유원회사에서 무임소사원으로 일함.

1945년 경북 대구 근교 남성현 작은 마을에서 가족들과 해방을 맞이함.

1947년 시집 《들국화》 700부를 국민학교, 중학교 동창들의 찬조로 출판, 금방 매진 됨. 《세기의 거화炬火》 펴냄.

1948년 시집 《방랑기》 펴냄.

1949년 시집 《잠자리》 펴냄.

1950년 대구여상(현재 제일여중) 국어교사 취임. 교가 작사.

1951년 경북 여고 국어교사로 전근. 문예반 지도. 여류시인 권남지權南志가 이때 제자. 6·25 발발 후 사상문제로 민애청(좌익운동) 사건으로 수창초등학교 G2 본부에서 전기고문 당함. 혐의가 없어 풀려남.

1952년 시집 《미륵》 펴냄.

1953년 시집 《유수곡流水曲》 펴냄, 김용호와 《1953년간 시집》 펴냄.

1954년 시집 《순이의 가족家族》 펴냄, 김용호와 《현대사선집》상·하권, 유치환과 《1954년간시집》 펴냄. 최인욱, 조지훈, 김윤성 등과 상고예술학원尙古藝術學院 창설.

1955년 시집 《수난의 장章》, 《애무愛撫의 장章》 펴냄.

1957년 시집 《낙수인생落穗人生》 펴냄.

1957년 상경한 후 자하문 밖 나들이를 하며 한때 만주를 방랑한 바 있는 상아탑

황석우黃錫禹를 만나며 그의 순정한 시인의 삶을 흠모함.

1959년 '경북문화상' 수상.

1960년 시집《불모의 영토》펴냄.

1965년 시집《풍우 속의 조국》《망각의 지대》《역사의 광장》합본 펴냄.

1968년 시선집《36년》펴냄.

1970년 시집《사랑은 가도》펴냄.

1974년 시집《한恨》펴냄.

1977년 시집《이승과 저승 사이》펴냄.

1982년 시집《고목古木의 독백》펴냄.

1983년 자전적 시화집《문학적 향수》펴냄.

1985년 시조집《백발의 나목裸木》, 설주선집雪舟選集 전6권 펴냄.

1986년 '제1회 상화시인상' 수상.

1988년 시집《휴전선 근처》펴냄.

1989년 시집《달맞이꽃》펴냄.

1989년 '한국문학상' 수상, '대한민국 문화훈장은관' 서훈.

1992년 시집《이승에 비낀 노을》펴냄.

1995년 시집《잃어버린 세월》펴냄.

1997년 시집《전생을 찾아》펴냄.

2001년 4월 20일 별세.

2002년 4월 20일 대구광역시 달서구 월광수변공원에 '이설주시비'가 세워짐.
        (위원장 구상具常).

책임편집 **오양호**

경북 칠곡 출생으로 경북대학교를 졸업하고 1981년 영남대학교 대학원에서
문학박사 학위를 받았다. 대구가톨릭대학교 국어국문과 교수와 교토대학교
대학원 객원교수, 인천대 인문대학장을 역임하고, 현재는 인천대학교
국어국문학과 교수로 재직중이다.
윤동주문학상, 경북대 자랑스런 동문상(학술상) 수상, 한글말글학회 회장, 한국현대
소설학회 부회장 역임.
저서에는 《농민소설론》《한국문학과 간도》《문학의 논리와 전환사회》《일제강점
　　　　기 만주조선인 문학연구》《한국현대소설과 인물형상》《신세대 문학과
　　　　소설의 현장》《한국현대소설의 서사담론》《만주이민문학연구》《낭만적
　　　　영혼의 귀환》《백석과 북방파》《정귀용시선 (도쿄 가신샤대선문화재단지
　　　　원)》등이 있다.

입력 교정
김미향(인천대 대학원 박사과정), 백훈(인천대 대학원 석사과정).

범우비평판 한국문학·43 ❶

들국화 (2)

초판 1쇄 발행　2007년 11월 10일

지은이　　이설주
책임편집　오양호
펴낸이　　윤형두
펴낸데　　**종합출판 범우 (주)**
편　집　　김영석
디자인　　한세라
등　록　　2004. 1. 6. 제406-2004-000012호
주　소　　413-756 경기도 파주시 교하읍 문발리 525-2 출판문화정보산업단지
전　화　　(031) 955-6900~4
팩　스　　(031) 955-6905
홈페이지　http://www.bumwoosa.co.kr
이메일　　bumwoosa@chol.com
ISBN　　978-89-91167-33-9 04810
　　　　　978-89-954861-0-8 (세트)

온고지신(溫故知新)으로 21세기를!

현대사회를 보다 새로운 시각으로 종합진단하여
그 처방을 제시해주는

범우사상신서

▶ 계속 펴냅니다

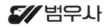 범우사 경기도 파주시 교하읍 문발리 525-2 출판문화정보산업단지 전화) 031-955-6900~4
http://www.bumwoosa.co.kr (이메일) bumwoosa@chol.com

범우고전선

시대를 초월해 인간성 구현의 모범으로 삼을 만한 책을 엄선

범우사 경기도 파주시 교하읍 문발리 525-2 출판문화정보산업단지 전화 031-955-6900~4
http://www.bumwoosa.co.kr 이메일: bumwoosa@chol.com

범우비평판 한국문학

잊혀진 작가의 복원과 묻혀진 작품을 발굴, 근대 이후 100년간 민족정신사적으로
재평가한 문학·예술·종교·사회사상 등 인문·사회과학 자료의 보고—임헌영(한국문학평론가협회 회장)

배낭속의 친구
「범우문고」
각권 값 2,800원

▶ 전국 서점에서 낱권으로 판매합니다
▶ 계속 출간됩니다

www.bumwoosa.co.kr TEL 031)955-6900 범우사